著

Parenthood,
a Lifelong
Marathon

陪你跑一场
马拉松

SPM
南方出版传媒

全国优秀出版社
全国百佳图书出版单位

广东教育出版社

图书在版编目（CIP）数据

陪你跑一场马拉松 / 查小欣著. —广州：广东教育出版社，2015.8
ISBN 978-7-5548-0788-0

Ⅰ.①陪… Ⅱ.①查… Ⅲ.①散文集–中国–当代 Ⅳ.①I267

中国版本图书馆CIP数据核字（2015）第180672号

陪你跑一场马拉松
PEI NI PAO YICHANG MALASONG

责任编辑：陈定天　蚁思妍
营销编辑：周　苟　倪洁玲
责任技编：杨启承
装帧设计：熊琼工作室
排版设计：友间文化
出版发行：广东教育出版社
　　　　　（广州市环市东路472号12–15楼　　邮政编码：510075）
网　　址：http: // www.gjs.cn
经　　销：广东新华发行集团股份有限公司
印　　刷：广东信源彩色印务有限公司
　　　　　（广州市番禺区南村镇南村村东兴工业园）
规　　格：890毫米×1240毫米　32开本　9印张　288 000字
版　　次：2015年8月第1版　2015年8月第1次印刷
书　　号：ISBN 978-7-5548-0788-0
定　　价：38.00元
质量监督电话：020-87613102　　邮箱：gjs-quality@gdpg.com.cn
购书咨询电话：020-87615809

本书经查小欣中国内地总代理：北京点形文化传播有限责任公司独家授权

陪儿子跑一场马拉松，需并肩同步，不作让责，跑来从容但不纵容，信任却不放任，严谨又不严苛。

——查小欣

钟镇涛　献墨

舐犊情深

钟镇涛

陈慧琳　序

　　小欣姐和我相识多年，她每一次跟我做访问的时候，都给予我很多鼓励及支持，让我在公在私都获益良多。在我结婚的那一年，她送了一尊送子观音给我，未几我就怀孕了！之后她再送我一份礼物，就是她自己撰写的亲子书，分享她的育儿心得，让我可以在怀孕时就开始好好学习。现在我已经有两个小朋友，很高兴她又有新书出版了！小欣姐的儿子已经考进大学，当中必定又有很多不同的亲子经验，甚至是一些碰钉的情况，可以早点让我好好参考及学习，我相信妈妈们也能够从这本书中得到很多启发！

梁咏琪　序

　　刚为人母几个月，我已经开始参考不同儿童心理学的书籍，明白到教育儿女确实是一门学不完的学问。这本书肯定是我这个新手妈妈的家长指引。

张智霖　序

　　为人父母对我来说是一件既新鲜又像是前尘的往事。

　　为何是前尘？

　　皆因我也是别人的儿子，每当看见儿子在成长路上跌跌碰碰，仿佛就看见自己乳臭未干的影子……

　　我是幸运的。

　　虽然我在单亲家庭长大，但母亲对我的爱影响深远。在我印象当中，妈妈从来没有打骂过我，揶揄、刻薄、取笑通通都不曾出现在我俩的关系里，也不是说我妈是一个很有智慧很会教导小孩的人，但她的乐观，她的正能量及幽默感，却教我茁壮成长！

记得有一次我大概十四五岁正值反叛期，都忘记了是为了何事跟妈妈闹意见，竟然"砰"的一声把书柜的玻璃门打爆了，那一刻年少无知的我已准备跟家人开火，没想到妈妈只是默默地拿着扫把，把玻璃碎轻轻地扫掉。妈妈没有跟我对质，没有骂我，只是低着头说：我没能力给你最好的……

从那一刻起，我发誓我永不再顶撞我妈妈，我要好好保护她，给她最好的！

我认为她很厉害，无招胜有招！

当然，不是所有关系用同一种方法都会奏效的，所以我说我是幸运的，我妈妈对症下药：一针见血，而她的药方就是包容，就是爱。

到了今天我也是孩子的爸爸，我对待他的方法就如妈妈对我一样，无招胜有招、无声胜有声，让他去闯也让他去错，守护在他旁边做一个旁观者。

需要时可支援，必要时可聆听，我对他的期望由始至终没有改变过。我希望他健康快乐，我希望他乐于助人，我更希望他懂得爱。

读过小欣姐的这本书，感觉小欣姐像是借着儿子成长的过程，去完满自己的人生路，当中有高有低，有喜有忧……

我相信，某一天，当我们蓦然回首，发现无论亲子相处的过程如何历尽艰辛，我们都会庆幸，曾经参与过，足矣。

大头 序

我的妈妈

　　我妈妈身形娇小，但她的坚毅和能量并不渺小，虽然身兼多职，同时要持家及养育我，仍能全力以赴。凭着努力不懈和无比坚定的毅力，让她成为一位名人，栽培儿子考进大学，还发掘出自己的艺术潜能，她就如一股不曾停歇或减缓的旋风，在她的人生路上总能做到凡事达标。亲睹这个强大、优秀、充满朝气的妈妈风姿绰约，是我最大的荣幸。

　　她是我的楷模，我是她最忠实的拥护者。

　　她是我的母亲，我希望能成为让她引以为傲的儿子。

Ian

自序

给孩子最好的礼物

父母给孩子最好的礼物是什么?

父母的爱? ——充分而不过分,分寸的把握需要智慧。

三餐温饱? ——养育孩子不是养宠物。

温暖的家? ——应该的基本配件,怎可当礼物?

优良教育? ——只供书教学太敷衍塞责,记得缚上"身教"的大丝带结。

优质生活? ——容易养出飞不起的笼中鸟。

如珠如宝? ——市面又多一头剪掉利爪的狮子。

无限自由? ——自律性比天高的孩子才配拥有。

当我决定要生孩子，开始多番考量，作为母亲该为孩子预备一份怎么样的礼物，才能令他拥有一个丰足快乐的人生？

丰足人生不等同于奢华生活，眼光放远大一点，真正丰足的人生，是拥有一颗善良的心、一份可贵的自信、远大的视野、独到的分析力、高于智商的情商、待人接物的礼貌、无比的上进心、无人可夺去的积极、内置式抗压能力、清晰的判断力、追求学问的热炽、独立自主、品味气质、文化水平——这些装备一生受用不尽，即使在竞争激烈的社会，国际化的世代，仍可以快乐地生活，并非豪宅楼王、名贵跑车、股票珠宝、一堆银行存款可比拟。

授儿以鱼不若授儿以渔。与其做孩子的贴身保镖，不如教他一身好功夫，让他能好好保护自己。

见过很多溺爱孩子变成害孩子的父母，他们不明白爱是要管理的、有规则的，用错方法，胡乱地爱，孩子会被宠坏；相反，很多父母对孩子管教太虎，几近虐儿，跟用错方法去爱一样，会适得其反。

要拿捏如何不会爱心泛滥，管教不会过分严苛，是需要微调又微调的。跟烹调菜式一样，太甜，洒多把盐平衡，太辣便加糖。要成为厨艺达人需经过不断实验、改变、尝试、调教、过滤、去芜存菁，才能得出自己的一套烹调技巧。

音乐、创意、绘画、数学、运动、游戏、烹饪、演戏、跳舞、念书，通通都有天分可讲；亲子，没天分可言，需要努力经营，亲力亲为，责任决不能外判。

很享受写这12万字的时光，让我可以好好静心回想儿子由毛毛头成长至大头的过程，母子相处的点点滴滴，其中很多领悟——我一直以为我在塑造他成为理想的儿子，其实他也在改造我成为他心目中理想的妈妈，他带给我意想不到的反思和能量。

行文时勾起很多与他的真情对话和温馨小故事，有他反叛不肯让妈妈拖他手的回忆，教他如何刷牙洗脸的情景，我一言、他九顶（嘴）的剑拔弩张，我搂着他哭、他拥着我泣的感动时刻……伴他度过他几乎所有的"第一次"，他对妈妈的依赖同时又努力挣脱妈妈保护他的翅膀，失落感、满足感、愧疚感交集，不期然流泪，又禁不住会心微笑，心底泛起阵阵甜酸苦辣，忍不住拿起手机短信大头："妈妈爱你。"再加几个心形图案。

家中有个木柜，专门用来收藏大头有纪念性的物品，如多年来的成绩单、功课、他送给我们的贺卡、画等，为本书在木柜找插图时，发现他的乳齿，共12只，由2001年至2006年间，他换牙时，一只只自然脱落，我将每只放入小盒保存，盒上列明掉落日期和地点，12只牙盛载他的童年回忆。他六七岁时去麦当劳吃薯条，他忽然瞪大眼睛说："妈妈，我吞了一只牙。"他张开小嘴给我检视，果然有个小血洞，牙已在他肚子里，马上给他一个软雪糕替伤口凝血。

换牙期间，从没劳烦牙医脱牙，因他早晚勤刷牙，没有一只烂牙，不用挨拔牙之苦，是他送给自己童年的一份好礼物。

告知身在十万八千里外的大头要写本亲子书,他回短信:"想必会提到我了。"后面附着几个笑面图案。邀请他写序言,他雀跃地交来,看后感到意外,我从来不知道在大头心目中我的形象如他说的那么强大,最爱跟我顶嘴的他,只在小五写的《我的妈妈》一文中曾这样坦白表达,看来经过这些年我仍能保持在他心目中的形象(一笑)。

经常被问道:作为一个忙得每天只有三四个小时睡眠时间的职场妇女,你如何分配时间给事业和家庭?怎样腾出时间进行亲子互动?工作有没有影响你与丈夫及儿子的感情?对儿子成长有没有造成影响?儿子怎样理解职业是评论、报道娱乐八卦新闻的妈妈?怎样设计铺排儿子的起跑线?……一大堆问题的答案就在书中。

过去20年,是儿子人生的初级阶段,是我事业拼搏的高峰期,努力坚持在两者间取得平衡,过程苦乐参半。总括得失,列出心目中送给孩子最好的礼物清单,公诸各位,欢迎如取如携,愿你们少走冤枉路,调教出文明的新世代。

查小欣

2015年6月1日(儿童节快乐!)

给孩子最好的礼物，如取如携

目录

"来，妈妈带你上洗手间。"

　　与儿子同桌共食，让他吃私家饭，用意是从吃饭开始训练他，要知道规矩，知道小孩子什么可以吃、什么不可以吃，自小有这个概念；同时，训练专注，他明知不论如何，他也不可能吃大人食物，倒不如专心吃好私家饭。

升学运动

　　我既明言让儿子念国际学校，是向本地教育作出抗议，如儿子被本地学校拒收，抗议会被视为"因为考不上便美其名为抗议"，要把话说得响亮，就要考进去，然后拒绝入读。

　　以此身教儿子，口讲无凭，行动才是最有力的证明。

深宵骑单车

　　说一句"不可以""不准"太容易，不花一秒，但带来的后果可能要花很长时间去化解。在很多事情上，儿子都已做了"乖宝宝"，"很多事情"他都会被否决，也得给他一个透气的空间，有看似绝对的自主，否则长期遭否决，孩子很易患上"母亲病"，活在母亲阴影下，蚕食独立自主。

行政妈妈

经常自嘲是个相当全面的行政人员，工作上担任行政角色，用行政管理的一套方法持家，做行政主妇，在照顾儿子方面，因要兼顾事业，未能做全职妈妈，唯有做"行政妈妈"，用行政管理方法确保儿子得到可靠的照顾。

「来，妈妈带你上洗手间。」

与儿子同桌共食，让他吃私家饭，用意是从吃饭开始训练他，要知道规矩，知道小孩子什么可以吃、什么不可以吃，自小有这个概念；同时，训练专注，他明知不论如何，他也不可能吃大人食物，倒不如专心吃好私家饭。

九个月大毛毛头第一次剪头发，平头装。

180 cm年轻人

180 cm

儿子是医生口中的大婴儿，出世体重约3.72千克，身长55 cm。我第一眼不觉得儿子大，反应是"像只小猴子"。

他头围比较大，头发浓密，爱叫他"毛毛头"。毛毛头到了10岁，一年间长高12 cm，比妈妈高，改口叫他"大头"，15岁身高180 cm，比起一般同龄香港男生高，跟天赋高大基因的外籍同学相比，属中等身高。

180 cm，外表看上去像个大人，亦令他误会自己是大人，以为有足够能力独立，很多时候给他提点，他会不耐烦地说出刺心的话："妈，我长大了，你不要再理我的事。"最后这些"不要我理的事"都由我解决善后，又不大敢对他秋后算账，怕他为了面子，有事也不发求救信号，心态相当矛盾。

180 cm筑高了母子沟通的门槛，他回答问题都是"五不"："不知道""不想讲""不清楚""不记得""不肯定",开始用交换方法沟通,把最近发生在自己身上的大事琐事、认识的新朋友、所见所闻、遭遇和感受,跟他分享或与他分忧,听取他的意见分析,从他的反应和交谈中,挤牙膏式知道他多一点点。

得知他在交友上遇到困扰,是讲述我与女友E吃饭,尝到一道很特别的菜式,非常美味,预告儿子会带他去尝新,儿子的实时反应,不是雀跃地问何时,而是说:"你们又再来往了吗?"

与女友E友谊达闺蜜级,聚会频频,忽然她消失了,彼此少见面,儿子留意到,却没问,当知道E再出现时,他问:"为何E阿姨忽然又出现了?"

简单回答:"朋友很多时是这样,来了又去,去了又回来,不用太介怀。"

他感慨地说:"这是我正在努力学习的事。"他没再说下去,没追问。

这些年儿子的表现说明,他需要的是提示、多角度的分析,他会总括出一种想法或方法。

180 cm吸引到不少注视目光,携他出席活动赴颁奖礼开眼界,有经理人邀他签约做旗下艺人,有片商要签他做演员,他反应淡然,听过了便算,倒是对帅哥的赞美颇为受用,一次与他在赴宴车程上,他说:"去派对真闷蛋,大人跟我没话题,就只管赞道'你好帅'。"

"高兴听到赞美吗?"

"一般。反正人人都这么说,没什么特别。"口说不特别,眼神却充满得意神色。

毛毛头自小爱笑，是个开心宝宝。

"他们不过客气，在社交场合不想冷场，说一些客套的话，搞搞气氛，逗得大家都开开心心，说过便算了，下次再遇到你时，未必认得你，你礼貌谢过就是了，别太认真放在心上。"

这盆冷水不受欢迎，儿子收敛笑容，默不作声。

逗他："觉得自己帅吗？"

"有一点点。"谦虚起来。

"妈妈也认为你是个小帅哥。"他眼中再度闪出得意神色，"觉得长辈们都喜欢你吗？"他点头。

"的确长得帅会有表面优势，比较容易交朋友，容易成为焦点，你学校也有漂亮的女同学，你会多关注一下她，对吗？但看久了会觉得她并不那么漂亮，对吗？原因是美貌不会长久，尤其男生，有真材实料、能干、有礼、善良才是有质感的帅，叫做内在美，只凭外表取悦人，叫虚有其表。"

娱乐圈的例子比比皆是，俊男美女，没有演技歌艺，不好好增值，单靠俊靓"行凶"，人缘差，缺乏管理形象的能力，很快便会被淘汰，难以成为天王天后，娱乐圈是社会的缩影，从中有不少东西学习。

180 cm自小不爱见报，两三岁期间，不少亲子杂志邀请我们母子拍封面，也拍过广告照，拍了四五次后，儿子拒绝再曝光，理由充分："他们要拍的是你，不是我，他们拍我，因为我是你的儿子，我不想再拍了。"

"通常我们推工作都要提早通知，临时取消很没礼貌，也打乱别人的计划，明天拍了封面后，妈妈会通知所有人，我们今后不再拍了，这样的安排比较友善。"他理解，表现合作，我信守承诺，推掉之后所有拍照的邀约。

他年幼时，我在报刊撰写亲子专栏，记下他成长过程、性格发展、生活习惯、母子间的矛盾、相处小趣事、调教他的方法，读者像看着他长大，他像一本打开任人阅读的书，清楚他的一切。在街上碰到读者或听众，他们会根据专栏内容跟儿子倾谈，儿子感觉活在金鱼缸中，很不自在，"可否不再写我？"我索性把专栏关掉。

跟他外出旅游，当听到附近有人讲广东话时，他马上低声叮嘱："别说话。"因为我做电台主持时，每星期有五个早上，与听众共度近两个小时的时光，样貌公众不一定认得，却认得我声线，儿子怕我被认出，连带他也受注目，

三岁替儿童健康食品拍广告照。　　　　　毛毛头四岁赚的第一笔酬劳，是为电视广告做旁白。

他要百分之百自由。

　　在香港，跟他出外，他要么走在我前面，距离两个身位，或跟在我后面，不肯与我并肩而行。如有路人认得我，过来打招呼或拍合照，儿子会如炮弹飞到一里外，遥遥看着我，待人群散了，才再走近，他怕要应付"这么高了？""今年几岁？""在哪里念书？"等类似问题。

　　像所有新入行艺人，未习惯走在街上被陌生路人认出，儿子会不耐烦地问我："你又不认识他们，为何要对他们笑，跟他们拍照？"

　　"他们跟我笑跟我合照，表示他们支持和喜欢我的节目，是给我打高分的反应，他们不收听，节目便做不下去，跟他们笑一笑，拍了张照片，可以逗他们开心一下，作为回礼是应该的。"显然他对陌生人突如其来的招呼感到有压力，消除压力的方法就是令他明白，那是分内事，用享受的态度去对待。

面 对 欺 凌

由55 cm到180 cm的成长过程中，他遭遇过三次欺凌，一次是给同校的高年级学生欺凌，一次是参加校外暑期夏令营遭其他孩子欺凌，一次是同学的妈妈。

第一次被欺凌，发生在念小一时，有个高年班的男生，多次趁放学所有学生齐集操场，老师忙于安排同学上校车时，会跑去推撞儿子，好几次把儿子推跌地上，幸而没受伤。

我非常气愤，想了一夜，希望想出一个和平简单直接的解决方法。直接向老师告状当然是最容易的方法，但对方会被学校记下小过或大过，对他的操行会造成影响，几岁小孩不免顽劣，罪不致要影响他的学业。此事勾起我念小学时，也曾遭高年级的女生欺凌，母亲怎样保护我，我决定抄袭母亲的方法来保护儿子。

翌日，我特意提早到学校去接他放学，但我不现身，躲在一角，看到毛毛头从楼上的班房走到操场，他不知道我已到了，看到离他不远处，有个比他高出一个头的男生，不怀好意地快跑到儿子身后，我跟在男生后面，当他预备出手推毛毛头时，我搭着他的肩膀，他伸出去的手仍悬在半空，男生回头望向我，我叫毛毛头认人，是不是该男生推撞他，毛毛头认出是他。

我问："你叫什么名字？"男生紧闭着嘴。

"你不说没关系，我带你去见校长，他应该知道你的名字和念哪一班。"

男生不再争持，将他的名字和班级告诉我，是个三年级学生，我将他的名字和班别重复一次，跟他说："你不要再欺负任何人，我每天都会来躲在不同的角落看管你，如果你再欺负他或其他人，我会带你去见校长。"

当年母亲逮着欺凌我的人，就跟她讲了同一番话，数十年后，我竟能用上母亲的智慧，自此毛毛头在学校没再被欺凌。

毛毛头升小二的暑假，安排他参加一个本地夏令营，早上送他到集合地点，主办方有旅游巴士来接载一批孩子到营地去，活动包括游泳、踢球和吃一顿午膳，借此让他接触学校以外的孩子，训练他的外交技能，怎样与陌生人相处和习惯群体生活。

夏令营为期两星期，第一天回来，他兴高采烈地讲述午膳的食物菜式、玩了什么游戏，第三天回来，他第一时间要求：我不要再去夏令营了。

直觉知道有事发生，用闲谈方法旁敲侧击，知道真相了。

原来夏令营有个小胖子，趁老师更衣未到泳池前，小胖子就从后用力将毛毛头的头按入水中几秒才放手，老师来了，小胖子若无其事地走开。连续两天毛毛头都遭受小胖子同样的欺凌，令他愤怒和害怕，无助下唯有拒绝参加夏令营，避开小胖子。

很体谅毛毛头的反应，在一个完全陌生的地方，身边没有大人在，遭到欺凌，没人可以帮他，最容易的解决方法是逃避。

他不去夏令营，我不用管接送，着实省下不少时间，但不表示问题得到解决，他日长大了，去上班，遭到欺凌，难道马上辞职不干？这样他会变得懦弱。

真人真事，有一位当医生的朋友，诊所聘有三名女护士，其中有一位新入职的20多岁的女护士，刚过试用期，因不满加薪幅度未如理想，向妈妈诉苦，妈妈翌日就跟女儿上班，当面跟医生理论，然后代女儿辞职。很难想象她日后如何能够独立起来。

弃用懦弱逃避的方法，另一解决办法，是再像他念小一时，暗暗跟随他去夏令营，将小胖子逮个正着，但难以做到，因夏令营远离市区，而且夏令营不准外人进入，我想，或许是时候，儿子要学会保护自己。

提议五个方法给他："一是等候老师更衣完毕，才跟着老师去泳池；二是向老师告发小胖子，让老师教训他；三是避开他，他在东，你去西，不给他机会欺负你；四是他动手时，你大声呼救；五是反抗，让他知道你不是好欺负的，但这方法是五个方法中最不可取的，因为你若还手，就变成互殴，你也会受罚，你自己想想哪个方法适合你。"

如常送他去集合地点乘专门的巴士去夏令营，着他暗示谁是小胖子，小胖子五官和身体都圆嘟嘟的，没半点霸气，不会有人相信他是熊孩子。

当天儿子从夏令营回来，问他用了哪个方法解决问题，他愉快地回答："我跟他做了朋友。"

方法很简单："我过去跟他聊天，讲大家喜欢的玩具，讲自己学校的事，就这样做了朋友。"没想到毛毛头想出了第六个方法。

翌晨，送他去集合地点，小胖子已到了，早已坐上巴士一个窗旁的位子，见到毛毛头到来，大力挥手招呼，示意毛毛头坐他身旁。目送儿子上车，小胖子欣喜地站起来迎接，两人似有说不完的话题。每天从夏令营回来，毛毛头都欢天喜地，到了最后一天他显得不舍。

毛毛头反过来提醒我，沟通可化干戈为玉帛。

这份礼物是他送给我的。

恃 强 凌 弱

第三次欺凌事件，发生在毛毛头念小三时，一个黄昏，毛毛头在我们共享的书房做功课，我在写稿，家中电话响起，我接听，电话里头是位操纯正粤语的女士，点名找儿子，还说是学校的中文老师。把电话筒交给儿子，儿子应道："是……不……不是这样的……不，我不会……是……我没这样说过……对，都是老实话。"

他挂线后，才知道原来是女同学D的妈妈来电，质问他是不是对D说了些不礼貌的话。

毛毛头将来龙去脉说出来：当日一班男生，小休时在学校操场踢足球，D要求加入，鉴于她穿着校服裙，男生们认为不方便，而D跟儿子同班几年，是好同学，她妈妈我也认识，所以男生们派毛毛头做代表，婉拒D。

D不高兴，毛毛头解释，她不接受，毛毛头见不奏效，没再理会她，她回家向妈妈投诉，砌词毛毛头对她说粗话，她妈妈竟不问情由，来向毛毛头问罪。

毛毛头用了一个字来形容D妈妈的态度：bullying，恃强凌弱。怎能不无名火起？

换作是我，在未听另一方面的交代前，会先致电对方家长，将所听到的复述一次，并问准家长可否直接跟他子女对话，直接求证，否则应让其家长去做了解，何况双方家长互相认识，接电话的正是对方家长也不打个招呼，太不礼貌。

这个情况跟毛毛头小一时被欺凌不同，因不知道对方名字和班别，才用当场逮着的方法。

做母亲的，儿子在自己跟前被欺凌竟懵然不知，由得七八岁的他独自处理，锥心、愤怒，预备去跟D妈妈理论，但必须先搞清楚事件的始末和细节。

用了解的语气问毛毛头，如果他没对D不礼貌，为何D会责怪他？

毛毛头很理解地回答："这是D的性格，谁不顺从她的意见，她便发脾气，向她妈妈投诉，我们不让她加入踢足球，她回家跟妈妈说，把事情说严重了也不出奇。"

"D妈妈在电话里头说了什么？"

"她问我今天是不是不许D跟我们踢足球，我说'是'，她问我是否说了些不礼貌的话，我答'不是这样的'，她重复问题，我答她'不是'，肯定告诉她'我没这样说过'，她问我是否讲老实话，我说'对，都是老实话。'"

"你被冤枉，有什么感觉？"

"我没做过，一点都不怕。我明白D妈妈是单亲母亲，D又是独女，她当然比较紧张，我没什么特别感觉。"看着只有七八岁的他，有点不相信。

问他："你认为妈妈是否应该保护你，打电话去跟她理论？"

"妈妈，不用了，事情已经解决，不用再去跟D妈妈重复我的话，那样很容易引起争辩，反而复杂了事情。"儿子遭冤枉，心中怒火虽未熄灭，但还是尊重儿子的决定，毕竟每天在班上见到D的是他，他最清楚知道怎样处理最适当。

儿子在不同年龄，面对程度各异的欺凌，是对他情商的挑战及性格的考验，他有勇气面对欺凌，用与人为善的方法处理，不失文明。

愤怒过后，反而感激儿子年纪轻轻有欺凌遭遇，令他及早知道人性阴暗面，潜意识安装上自我保护系统，不会轻易相信事情的表面，面对诽谤污蔑，及早给予他面对及拆解的智慧。

换了在人心叵测的大人世界，定要彻底澄清，甚至反击，否则就算不成为罪名，也成为污名，带来长远的负面尾巴。一再提醒他要源头避嫌，慎防给别人冤枉自己的机会，时刻警惕胜过事后解释。自此他疏远了D，广东人说的"斩脚趾避沙虫"[①]，与造谣者割席。

狗 仔 队

课余陪他去足球训练营，到达场地，他即跳下车，如箭直奔球场，我只管像个女佣，跟在他身后，母子俩形同陌路，由踢球开始到完场再走上车，他都不会跟我有眼神接触以及交谈。

种种迹象，不禁令我觉得，他嫌弃做电台主持的妈妈，嫌弃我的职业，觉得因为妈妈的知名度，带给他麻烦。

后来看到他一篇作文，忧虑尽消，题目是《我眼中的妈妈》（大意）："我妈妈很能干，是出名的电台主持，她写很多文章，不仅在香港，在内地也有很多人认识她，很多巨星都是她的朋友……"字里行间流露了欣赏，他的"疑似嫌弃"反应是因为未习惯。

现在，当他知道有可能被见报，会问："有没有登我的照片？"看到自己在报上的照片，他会满意地笑起来。

---

① "斩脚趾避沙虫"：形容过分担心案件及事情发生而采取过了头的防护措施。

不介意见报，但痛恨狗仔队。我曾经一度成为狗仔队跟踪的目标，进行偷拍，照片以连环图形式刊登出来，儿子看后，非常愤怒："太没礼貌，太过分了，paparazzi（狗仔队）侵犯隐私，不可以纵容。"

很多事情对错黑白是很清晰的，可是当用错手法去做对的事，就很难在对错之间画一条清楚界线。

狗仔队偷拍，无缘无故侵犯隐私，极之错；但如是为了接近真相，增加报道的准确性，进行偷拍，不是单凭几张照片，看图作文，胡乱炒作或诽谤，新闻自由是允许的，亦合乎传媒道德。

隐私度比普通人低，是作为公众人物付出的代价，只要当事人一切循规蹈矩，没行差踏错，又何惧狗仔队24小时全天候跟踪偷拍？

儿子不太接受这个想法，仍痛斥狗仔队，对于一个十来岁的年轻人来说，要接受难以接受的事，太复杂了。

那段期间，跟儿子外出时，180 cm的他会挺直身子说："妈妈你不用怕，如果有狗仔队偷拍你，我会保护你。"

"怎样保护？"

"我会大骂他们和驱赶他们。"

我立即劝阻他："这样做，当众失仪，犯不着，狗仔队更不会多谢你。你骂人的样子、驱赶的行为都成为被报道的材料，正中下怀。正确的做法是不理他们，不受他们影响，继续如常生活，完全不供应八卦材料，他们闷慌，便会自动放弃跟踪偷拍。"

将"以静制动"四字，放入他离地180 cm的脑袋。

在儿子的毛毛头阶段，为跟他上一课"分享"，特地给他一个大红苹果，他用两只胖嘟嘟的小手捧着，在屋里跑来跑去，满心欢喜。要求他给妈妈摸一摸，他把苹果藏在身后，不肯，于是我展开了"分享"论，抱他坐上大腿，教他："妈妈一会儿问你三个问题，问完第一个，你答'知道'；问完第二条问题，你说'明白'；问完第三条问题，你要应'好'。"还郑重要他跟我依次说一遍。

第一条问题是："你知道小孩子应该学会分享吗？"

儿子两只圆圆大眼看着我，非常合作，迅速回答："知道！明白！好！"一口气念出三个答案，便从我大腿跳到地上，如蚂蚁搬食物回巢穴，抱着红红的大苹果飞快跑回自己房间，及至我追到房间时，他已咬了一口。喘着气、忍着笑问第二题："你明白小孩子应该孝顺父母吗？"他答"明白"。"那你分口苹果给妈妈吃，好吗？"他说"好"，自己咬了一大口，才把苹果送到我口边。我吃了一小口，他马上把苹果收回。

结论是，要跟孩子讲道理，要在三岁前，趁他还是一团糯米，未会跑跳，活动能力低、未学懂说话，不会说一句反驳十句时的黄金时间。

从小灌输儿子要有危机感，发觉身处险境，首要是脱险。他七岁时，我带他到温哥华探亲，那年代加拿大人，开车很有耐性、肯忍让，街上很少听到汽车响喇叭声音，车必定让人。一日，我与儿子步行回酒店，横过一条小街，一辆汽车从街角转过来，按例他应慢驶，见有人横过马路，应停下来，那司机却以高速入弯，把我吓了一跳，他才在距我们不远处停下，我站在马路中心，打算跟他理论，儿子大力拖着我走上行人路，我说要教训司机，儿子说："妈妈，你不是教我，不要以身犯险吗？万一他煞车不及撞过来，你岂不是很危险？你应以保护自身安全为先要。"

懂得教他，不懂得教自己。

"批评法"好与坏

儿子脑袋离地越远，思维越趋独立，对于听妈妈讲道理是零忍耐。

穷则变，唯有改变策略，用"批评法"开导他，不批评他，批评周围的人和事，给他启发，批评当中掺着有建设性的提议，让他消化吸收。

幼儿园的同学，来我们家玩，进门不叫人，女佣给他上点心不讲"多谢"，走时不说"拜拜"，晚上陪儿子洗澡时，聊及那位同学，"他样子可爱，不过不太有礼貌，不跟我打招呼，又不会向女佣道谢，如果他能学会这些礼貌便好了，否则光有样子可爱也没用。"

隔了一阵子，没礼貌的同学又来我们家吃点心，一进门，他便笑眯眯地叫我"阿姨"，会讲"多谢"，走时说"我回家去了，拜拜"。

他走后，我称赞他，儿子得意地说："是我教他的，跟他说要学懂礼貌，我才会多请他来玩。"

"批评法"尝到了甜头，多年来奉为教子良方，到了儿子念小四，负面效果浮现。

学校规定，每年学期中，家长要到学校见班主任，让家长知道子女的学习进度，有什么要改进，家长如何配合。班主任给他的评语是，在课堂上频与同学偷偷说话，老师问问题时，不踊跃举手回答，要老师点名指定他回答，他才开腔，答案往往都很不错，他不是不懂，是不肯主动答。

老师说他乐意帮助同学，对师长有礼，进行分组讨论时，他多半闭嘴不说话，只听不讲，应老师要求发言，又会有颇好的论点，老师指他过于被动内敛，尤其在国际学校的体制中，很看重学生讨论、发表观点和意见。因此以儿子的表现，就算他的成绩属中上，长远来说，对他将来投考大学有影响，因为著名学府都偏向录取勇于发言、表达能力高的学生。

将老师的话向儿子转述，陈以厉害，嘱他改善，鼓励他不要害羞，大胆发表意见，结果小五、小六的班主任都有同样的评语，我知道问题症结不仅仅是因为害羞。

经多番观察，发觉儿子单对单，与同学、补习老师或表哥表弟相处时，他健谈，有很多想法和意见，因而曾一度怀疑他是群众恐惧症，但在出席社交活动，面对一大班人时，他又表现淡定自若，不似有社交障碍。究竟症结在哪里？

上了中学，家长不再局限只见班主任，而是要跟所有学科的老师见面沟通。儿子念十科，便要见十位负责老师，几乎十位老师对儿子的评语都是：懒于发表意见。

在不断鼓励威逼下，情况却一直没有改善，不知症结在哪里，实在难以对症下药。

直至一次，我又重施故技，用批评别人的方法曲线教育他，他反过来教训我："妈妈，我觉得只会批评别人，太负面了，不应只看到别人的不是，却不去欣赏别人的长处。"

当头棒喝，是所用的"批评法"窒碍了他表达自己的意见，他的阴影是有个像我的隐形人，在背后批评他，吓得他怕犯错，为减少犯错而少说话，他选择了消极的方法来应付犯错、应付批评。

我马上认同他："你的话提醒了我，就如妈妈常看到你的优点，怕称赞你，你会骄傲，所以只管放大你的缺点，提醒你要改正，既然你有这样的感觉，妈妈会多加留意。"

助他走出"批评法"阴霾的是压力，压力不一定带来负面影响，用得其所，是很大的原动力，面对要考入心仪大学的压力，他明白必须要改变被动内敛的性格，虽然慢热，总算有进步。

另一个助力来自爱情——他念第12班①时交的女朋友。她是学校里的领袖生，又是学生会主席，活泼热诚坦率有主见，对儿子起了积极正面的影响，她竞选学生会主席时跟其他三人角逐，各自组成竞选"内阁"，儿子担任财务，并参与助选拉票，为团队设计徽号印在T恤上，自此，他整个人活跃起来，不单在家说话多起来，老师也再无投诉他寡言内向。

---

① 第12班：指中学12年级，相当于内地的高中三年级。

滥用"批评法",几乎造成儿子性格缺陷,真让人抹一把汗。

路　盲

我们都忙,未能接送儿子上学放学,校车不覆盖我们居住的区域,唯有聘司机接送儿子上学放学,送他去上兴趣班、课外活动、足球训练课等,儿子只需嘱咐司机去"足球训练的地方""游泳班""马会""A同学、B同学的家",司机便会准确送他抵达,日子长了,儿子成为路盲,长至180 cm,还不大认得路。长期无需坐公交车、地铁,令他对车站、路线图完全不清楚,要他记,他老是记不牢。

对于用不着的信息,人本能上会自动删除记忆系统,尽管提醒一万次也依旧忘记。

作为父母,为了提供舒适生活给儿子,给予他很多方便,嘴里说不会娇生惯养儿子,其实不知不觉间已宠坏他,儿子就像长期困在笼中的狮子,渐渐失去战斗和觅食能力。

要儿子改变习惯,朋友影响力比父母大,到了初中,不少同学已自己乘公交车上学,相约出去玩都自乘交通工具,儿子却由司机接送,他觉得很不酷,面目无光,他抗拒司机接送。

我们答应他，只要他能准确用中英文讲出要去地方的街名，每个地铁站的名称，便可以让他自由行动，"朋友告诉你聚会地点，你乘出租车去也要懂得复述地址，将来约会女友，她说去什么地方，你一听便知所在，她才不会觉得你土。"

为了争取自己乘公交车外出，180 cm很快学懂地铁沿途的站名及经常去的街道名称。

180 cm争取被承认长大，内里却仍保持一份谦卑，一次，约他放学后到惯常去的酒店咖啡厅喝下午茶，我从电台去，临时给一个访问耽误了，通电话告诉他先找个桌子坐下来叫东西吃，反正经理侍应通通认得他，他唯唯诺诺。我到达时，他坐在酒店大堂等，问他为何不先入座，答案是："我不过是个孩子，一个人占一张桌，大模大样坐在酒店叫东西吃，似乎太傲慢了。"

他也不肯给小费替他开车门的门童，理由是："论年纪我没资格给他小费，我觉得对他不敬，你给他，他会感觉好一点。"

抬着头看180 cm长出了幼嫩须根的脸，觉得迷茫。他的身高让我忘记他不过是个十四五岁青少年，我已把他当作成人看待，不合理地认为他应有大人的智慧、大人的常识，是以他稍为表现不合标准，便会厉言疾色教训他，最常用的一句话："你这么大的人，应该知道这个该做，那个不该做。"

其实他不过是个初中生，怎可能期望他有大人的知识、分析能力和处事态度，他的外形跟他自我形容"我不过是个孩子"反差很多。

他的确"不过是个孩子"，是我被他180 cm的身高误导，对他期望不合理的高。我会内疚，跟他道歉，基于这个缘故，当他知道自己做错事时，也会跟我一样，勇于认错和改过。

『来，妈妈带你上洗手间。』

『来，妈妈带你上洗手间。』

我们家奉行互相尊重，自儿子七岁有私人计算机开始，不曾去查看他上过什么网站，不会碰他的手机，或检查他的书包，也不会登入他的社交网站。我和他爸爸也不会去查看对方计算机、手机或衣袋，无需任何明文规定或口头协议，我和丈夫不会强调什么保障个人隐私，因为这是基本品格要求。儿子自少有了这个潜在的标准，不用多花唇舌教导，早已享有隐私的他，已很会尊重别人隐私。

从小在小脑袋植根"尊重"，发觉对他长大后处事、处理人际关系、处理恋爱，都有很大裨益。

他第一次意识到何谓不被尊重是在三岁的时候，拖着他的小手在闹市街上走，忽然听到有幼童大哭大叫，回头查看，原来是一个男童拼命扯着妈妈的手，吵着要买橱窗陈列的一件玩具，妈妈不肯，他发脾气吵闹，哭声震天，又大力顿足，非要他妈妈买不可。

儿子看呆了眼，驻足观看。路人都望向这对母子，男童妈妈感到尴尬，开始吆喝男童："收声！"男童没降低声浪，反而放尽喉咙地哭叫，与她抗衡到底，男童妈妈急了，一巴掌掴到男童布满眼泪的脸上，男童更失控，结果妈妈要连抱带拉硬把男童扯走。

儿子不曾在街上撒野，也未见过如此轰烈的场面，马上给他辅导："在街上千万别大哭大叫，要这要那，妈妈是不会理你的，你看刚才的男童令自己、令他妈妈多难堪，当他变得无礼时，他妈妈也被迫变得无礼，当街被妈妈打多着人，你有要求时，好好提出，无需闹别扭，你看男童吵闹成这个样子，到头来玩具没买到，还要挨揍，没意思。"

他三岁开始，我便带他出去酒楼食肆与亲友茶聚吃饭。每当发觉他开始顽皮时，我会小声跟他说："来，妈妈带你上洗手间。" 随即把他带到一隅，告诉他不想在众人面前教训他，是对他的尊重，他要学会自重，然后细问他忽然顽皮起来有没有特别原因，要他答应回到餐桌上会乖，才让他返回餐桌，他随即表现得体。

自此"妈妈带你上洗手间""妈妈带你出去走走"就成了令儿子瞬即变乖的符咒，根本无需带他离座，他已懂得回答："妈妈不需要，我知道了。"

在食肆及任何公众地方，自小严厉规定儿子，不得随处奔跑喧哗骚扰其他客人，那里是吃东西的地方，不是游乐场，要他学会在适当的地方、适当的时候做适当的事情，在成长过程中，省却很多闯祸的机会。

专注力

先 天 养 成

要知道儿子在美国功课有多忙，从他传给我们信息的多寡可猜到大概，试过一星期下来没收过他片言只字，短信他："儿子，好吗？还记得爸妈吗？"

隔不多久，他回复："我时刻记挂着你们，可是交功课期限在即，考试又即将开始，我刚通宵达旦赶好功课，睡至现在才起床。"

儿子遗传了我的性急和做事专心，遗传了爸爸的幽默感DNA，就是未学会我们的一心多用。

在职妇女，兼顾内外烦琐事不少，要分秒必争，尤其早上，要赶在开始投入工作前，吸取各方最新消息，为省时，会利用化妆时间，同时看电视和听收音机，听到重要、有趣或有用的新闻，会将电视机或收音机的音量调高，收看或收听详情，又会实时上网看更多更全面的报道，做笔记，有短信传来马上回复。儿子是相反版本，他做功课及温习时，千万别跟他说话，换来的是冷淡应对或一句"请让我专心"，令你很有罪恶感。

孩童期，他也有不专注的时候，尤其做功课做得闷了，他会分心，导致功课有错漏，在课堂上又会与同学偷偷交谈，而听不到老师派下来的功课，回家才四处打电话问同学。我跟他说："你这些错漏全部都是可以避免的，只因你分心，我们从另一角度看分心这件事，一堂课40分钟，你专心或分心、努力或懒散、听与不听，时间不会为你停下来，40分钟依旧'滴答、滴答'地过去，你心散了五分钟，就要用额外五分钟或更多时间去追回那五分钟，如果专心，就可省下额外浪费时间，可用来上网、看电视、打游戏机、睡觉、玩耍，是一条简单的加减数。"

他也曾趁我不在家，偷偷边上网边做功课，结果功课错漏百出。

"除非你可以一心多用，一边看电视，一边做功课，功课的字体写得端正又不会出错，那你就可以分心，现在还是专心点，否则做错了，要多花时间做改正，学业成绩受到影响。"不是不准，是学艺未精前，要他安守本分。

儿子明白了，做事专心起来。

不过是个提点，就如提醒一个患咳嗽的人不可喝冻饮一样，他本身是知道的，就差一个提点来加强抗拒冻饮的能力。

专心也讲能力，要巩固这项能力，我从怀孕开始做准备。

工作关系，日夜颠倒，食无定时，睡眠不足，身体外强中干，在决定怀孕前，先练气功调理身体，强壮起来了，才让自己怀孕。

怀孕前，为提神，每天早上喝三杯港式奶茶，吃饭应酬会喝酒，知道怀孕后，全都戒掉，因为奶茶有咖啡因，会影响胎儿发育，过量吸取咖啡因，可能令宝宝将来过度活跃，酒精杀害脑细胞，会对胎儿脑部发育造成阻碍。

怀孕期间，读了不少专家的著作，其中指出孕妇要多吃新鲜鱼和肉类，硬壳干果如核桃、腰果，深绿色的蔬菜，要多摄取钙质，戒甜免有肝脉糖尿，忌吃腌制食物如火腿，尤其香肠，过量会导致宝宝容易患肺气肿，一一照做。

不吸烟，亦避吸二手烟，以免减弱宝宝的肺功能，增加患哮喘咳嗽的机会，没失眠烦恼，不需戒安眠药，成药、可乐、咖啡和茶通通不沾。

老人家叮嘱，不可吃鹅、虾、蟹等有"毒"食物，会令宝宝皮肤生疮，食蛇会导致宝宝生蛇皮皮肤。

不论有没有科学依据，都百分百依足戒条，稍为忍忍口10个月换来孩子一生的健康，很划算。

有朋友怀孕期间因难抵失眠煎熬，忍不住吃了半片安眠药，那夜睡得很甜，女儿出世，验出患有先天性心漏症，年纪轻轻要做手术，是否跟仅服一次安眠药有关，不得而知，但她为此很内疚。

另一女友，本身是烟民，每日抽大半包香烟，怀孕后，她尽力戒烟，就是戒不掉饭后的一口，儿子生下来，气管特别细，容易咳嗽及患有哮喘。

不少女友怀孕期间，戒不掉可乐、咖啡和茶，只能稍作牺牲减量，宝宝出世后，晚上就是不肯睡觉，精神奕奕，苦了自己，孩子因过度活跃，睡眠少影响身高发育，专注力也比同龄孩子低。

后 天 补 足

先天专注能力不足，尽量在后天补救，专家称五岁前的食物很重要。

最理想是五岁前不吃任何糖、盐、酱油、辣椒等调味品，因为他们体内的器官尚未发育完整，未有足够的酵素去应付，会引起不适。

更不要在五岁前，给孩子饮咖啡、茶等含咖啡因的饮料，专家指幼儿过早吸取咖啡因会令他非常活跃，想专心也力不从心，过量吸取，更有可能让其不能自控地忽然跳起来大叫，甚至上课时无端扰乱秩序。

医生绝不容许幼儿喝冻饮如汽水、红豆冰、冰水及雪糕，幼儿气管脆弱，会因抵受不了引致咳嗽，七岁前，持续咳嗽会引发哮喘，对孩子健康影响深远。

身体健康的孩子，相对比较活泼，性格会偏向开朗阳光，活动范围广。

但在现时物质资源丰富的环境下，要禁止幼儿在五岁前不接触调味品、朱古力、糖和汽水是超乎现实的。

我尽量坚守，为儿子煮米糊，不放任何调味料，先用新鲜牛肉、猪肉、鱼或鸡熬一个汤底，再用汤底煮米糊，材料天然，由于幼儿味蕾未被调味品宠坏，会尝到大人已吃不出的鲜味，有时会在米糊中放入菜茸，转换一下口味，五岁前尽量不让他吃大人的饭菜、食物，带他出外用膳，会预备他的"私家饭"，当孩子开始尝有调味品的食物，等于踏上不归路，令他不肯再吃淡口味的米糊或稀饭。

有人觉得很残忍，那就要看残忍的定义。如果让他尝了一口美味的大人菜

训练毛毛头专注力，
吃饭规定坐宝宝高椅。

式，再不给他吃，那的确是残忍，为满足大人看他吃一口大人食物的喜悦，长远影响他的健康及专注力，那更残忍。来日方长，到了五六岁，往后的几十年都是吃大人食品，"残忍"有价。

有位女友，她疼女儿，带她来参加大人饭局，一边喂三岁女儿吃无调味米糊，一边又给她尝了一口饭桌上我们的食物，解放了女儿的味蕾，故不肯再吃米糊，整顿饭哭闹着要吃桌上菜式，女友硬逼女儿吃米糊，一顿朋友饭局，就在她与女儿角力吵闹噪音中虚耗，实属无奈。

与儿子同桌共食，让他吃私家饭，用意是从吃饭开始训练他，要知道规矩，知道小孩子什么可以吃、什么不可以吃，自少有这个概念；同时，训练专注，他明知不论如何，他也不可能吃大人食物，倒不如专心吃好私家饭。

儿子将满三岁，"魔鬼"出现了，魔鬼爸爸给他喝了一口可乐，他起初皱着眉，抗拒，尝一口，打个冷战，味蕾得到刺激了，他笑，要求喝第二口，马上跟他约定："喝多一小口，便不可以喝了，你能答应吗？"他点头，喝后，他想再喝，跟他说："你答应了妈妈只多喝一口，你长大一点，妈妈会让你多喝，但现在你的气管或未能抵受冻饮，很易咳嗽，还记得上次你着凉咳嗽多辛苦吗？要见医生吃药，如果你觉得为了一口可乐而肯冒险，妈妈不会阻止你。"他看着那罐冰冻可乐，难舍难离，我半真半伪教训丈夫："爸爸，这次是你不对，儿子仍未适宜喝冻饮的。"

丈夫随即说对不起："是爸爸不对，下次不会了。"他搂抱着儿子说。儿子未有能力开冰柜门，每天放学回来都去摸摸冰柜门，以慰对冰冻可乐的思念。

接力第二个"魔鬼"，是他的幼儿班同学，庆祝三岁生日，在麦当劳开生日茶会，每个同学都在吃汉堡包、撒上盐的薯条和饮汽水，儿子小小年纪已有友群压力，跟我说："妈妈，每个同学都吃，我不吃会被取笑的。"

我很明白，跟他说："你吃，只吃少许，其余的妈妈替你吃，冻饮也是。"

规矩是死板的，人是活的，不作变通，只会叫儿子尴尬，甚至不惜阳奉阴违破坏规矩，要告诉他是基于环境需要，才偶一为之。

从不向儿子讲空话和唬吓他的好处是，他信任妈妈，知道年纪太小开始杂食对他有害无益，他只会在必须的情况下吃，例如社交上的需要，或不吃会饿坏。

专注力帮了儿子不少忙，他为迎合投考大学的要求，在短时间内需提交十张画作。他从未学过画画，我学画，家中放满画作，他没取巧用我的画顶包，而是老老实实去拜师学画，专心一意地学，专注地画，一个月内完成了十张各有风格的画，拍下照片，连同申请表交到大学，最终，如他所愿获得录取。

有时觉得他过分专注，温习时千万不能骚扰他，问他吃什么、喝什么、累不累，换来的是一张黑脸。

我向他抗议："妈妈应该比你忙十倍八倍，妈妈在忙时，你来找妈妈，妈妈有不瞅不睬要你难受吗？"明白归明白，他仍然装酷，稍作收敛，不再咆哮"不要骚扰我"！

除 四 害

虽然努力培养儿子的专注力，却从不让他碰能令宝宝极度专注的惯用之物——奶嘴。

奶嘴，英文pacifier，是用来给予宝宝安全感的工具，非常方便易用，幼儿哭闹、稍有不安或觉苦闷时，把奶嘴塞进小嘴，宝宝有了寄托，情绪随着使劲地嗯嗯嗯，很快会安静下来，甚至昏昏欲睡。

在国际娱乐版看到汤姆·克鲁斯（Tom Cruise）和贝克汉姆（Beckham）的女儿都有嗯奶嘴习惯，觉得诧异，他们应雇有保姆照顾子女、陪他们玩耍、讲故事、阅读、聊天、看电视，活动多得宝宝不需嗯奶嘴自娱，就算宝宝闹情绪，以他们对子女的疼爱，总会有耐性慢慢安抚，而不是沦为用最懒惰的静音工具：奶嘴。或许他们不知道，嗯奶嘴或嗯手指对宝宝造成坏影响。

的确，奶嘴特效静音，可是副作用不少，根据专家研究所得，爱嗯奶嘴的宝宝，专注力全盘放在奶嘴上，没精力留意周围环境及发生的事情，形成观察力薄弱的缺点，由于奶嘴已成为他的好朋友，他不会有兴趣认识新朋友，社交能力和表达能力会比同龄孩子弱，试观察一些父母少买玩具零食的孩子，他们会很愿意主动交朋友，推动力来自怕闷，而且有了新朋友，大有可能分享到新朋友的玩具和零食。喂奶嘴除影响性格外，也拖累仪容，因长期喂奶嘴会令门牙变形移位。

另一个能令孩子非常专注的设施也没用上：游戏围栏（play pen）或网床。用网围出一个小小范围给幼儿活动，为免他攀爬出来，栏网会做得较高，对于在家带孩子的主妇来说是恩物，做家务时，把孩子放入栏网中，规限了孩子的活动范围，在里面放些玩具，便可安心煮饭熨衫打扫，方便又安全。副作用是孩子被迫经常独处，社交能力会较低，由于围栏比他高，他视野受阻，看不清楚周围环境，抬头就只看到天花板，坐井观天，渐渐失去对身边事物的好奇心，观察力薄弱是意料中事。

游戏机是另一专注力敌人，父母忙碌的时候，为怕孩子骚扰，要争取自己的空间，会慷慨地给孩子打游戏机，孩子沉迷在游戏机上，非常忙碌，不再有多余精力去打扰父母，游戏机取代了父母，给孩子最大的安慰，有如吸毒，孩子容易上瘾。

当父母要孩子跟他们互动沟通、做功课、温习、睡觉、洗澡时，会阻止孩子打游戏机，自相矛盾，孩子怎会轻易地与他度过不少寂寞时光、依赖它消遣解闷、令他乖乖保持缄默的游戏机说"不"？要他们专注其他事情，根本没可能，父母责怪子女埋头埋脑做低头族，却忘记是他们为换取片刻安宁，害孩子爱上游戏机，不能自拔，他们才是始作俑者。

为令孩子乖乖进食，都利用电视陪吃，让孩子边看边吃，把电视节目当作其中一道菜式，分散孩子对吃饭的专注，食而不知其味，没细嚼便咽下，影响肠胃消化，更养成不看电视就吃不下饭的坏习惯。

家中电视，远离饭桌，吃饭时从不开。儿子年幼时，爱边吃饭边拉东扯西，讲一大堆话，会教他"食不言，寝不语"，含着满口食物说话，难看又没礼貌，食物随时喷出来，很不卫生，应静静地吃，仔细尝尝菜式的味道，不要辜负厨子的厨艺。

一位曾共事的上司，坚守"食不言"戒条，进食时静如深海，跟他说话，他只点头或摇头作回应，最大反应是发出一声"嗯"，前因是自少家贫，妈妈家用有限，一家几口，饭菜只有一小碟菜、一尾小鱼，大家谨谨慎慎地吃，不可多吃，也不可浪费，曾经此苦，他特别爱吃、特别惜食，进食不愿说话，他是极端例子，也令同桌吃饭的人不自在，不要求儿子像他，但就不要用膳时巴啦巴啦说话。

毛毛头日渐长大，开始带他去大人饭局，各人言谈甚欢之际，毛毛头发言："妈妈，你忘记了'食不言'吗？你已犯了规。"

养宠物是一生一世的事

三个理由

像所有幼儿，儿子毛毛头曾有全然不讲理由的阶段，那是他刚学会讲简单字句不久，表达能力有限的时候。他指定要某件东西，不给他，他表达不满的方法就是闹别扭；问他为什么要那件东西或做某些事情，他的理由很简单："我喜欢！"当他被要求做某些事情又不愿意时，他会多加一个字："我不喜欢！"

教他要给一个理由，他会多加"因为"二字："因为我喜欢！""因为我不喜欢！"

反问他，如果他要爸爸妈妈买玩具给他，爸爸妈妈的答复是"不买，因为我不喜欢"，可以吗？又或者爸爸妈妈要他不停写字，理由是"因为我喜欢"，可以吗？

答案是预期中的"不可以"。与他有了共识，容易沟通了，是引导他学会讲道理的好时机。跟他约定，日后不论他提出或回绝任何爸爸妈妈的要求，当被问到"为什么"时，定要举出三个理由作说，约定过程中，他没提出质疑："你会不会什么理由都不接受？"因为自出娘胎，他所认识的爸爸妈妈信守承诺，从没骗过他，互信机制基础稳固。

带他去逛玩具店，看到各式各样的玩具，几岁的毛毛头攀高蹲低把他看中的玩具放进购物车里，付款前会逐件问他为什么要买，他能有板有眼举出理由，我都不会取巧，欣然答应买给他，被驳回的都是他有类似的玩具。将买玩具投射到别的事情上，他对妈妈有信心。

得到儿子信任，开心还来不及，内里却潜伏了危机感，怕他在人心叵测的社会容易受骗。

尤其他自少便显露善良的本性，约十三四个月大，刚开始蹒跚学步，负责照顾他的菲籍保姆犯了一个很大的失误，几乎危及儿子健康，我怒不可遏，失控大声指责她，儿子未必明白我责备保姆的原因，但他在我怀中，却用哀求的目光凝望着我，小嘴里说："No，妈咪，No。"眼泪快将滴下来，替保姆求情，没因他年幼而忽视他的感受，跟不安的他解释："保姆犯了错，定要指责纠正她，免得她重犯，妈妈不对的是说话太大声，把你吓着了。"因为儿子替她求情，保姆更用心地照顾他。

衡量轻重下，觉得先让他有一份安全感、一个平安的心态最重要，反正在成长过程中，必会经历好坏、起跌、被出卖、被赞赏、被宠爱、被漠视，待他思想心智比较成熟时，才多作出提醒，过早培养他的怀疑心，只会令他不快乐，自寻烦恼。我一直抱有一个大信念：人善，天不欺。

我跟毛毛头的动物兵团。

用了最长时间向儿子说"不"，是在饲养宠物上，总共角力了两年时间。

儿子自少爱动物，带他出门旅行，必定要去有动物园的地方，他两三岁就几乎能说出所有动物的中英文名称，包括他从未见过真身的不同恐龙品种，他都能准确说出它们长长的名称和特性，所以看《侏罗纪公园》看得特别投入。

因喜爱动物的缘故，他快五岁时，便要求养一只宠物狗作为五岁生日礼物。我心底立即亮出一个"不"字，因有童年阴影。

小时候，家父共养了三只不同品种的狗、两只画眉鸟、一缸金鱼和一缸热带鱼，家庭环境只属小康，没能力雇女佣，家父工作早出晚归，家母爱搓麻将，照顾这批海陆空宠物的责任就落在我和妹妹身上。

每天我们不吃，也要煮牛肉饭喂饱三只狗，幸亏它们能和平共处，放学回家和每晚临睡前，不论春夏秋冬、风吹雨打都要遛狗，每逢星期天应是休息玩耍的日子，我和妹妹却忙着替狗洗澡捉虱子，非常劳累。

分别养在独立笼中的两只画眉鸟，每天需换上新鲜食水和饲料，更换满布粪便的垫在鸟笼里的报纸，每逢星期六更要步行到离家半小时路程的康乐街（又名雀仔街，整条街道布满售卖鸟儿及养鸟用品和饲料的店铺，1990年已拆卸改建成大型商场旺角朗豪坊），买活生生的草蜢和四脚蛇喂饲画眉鸟，保其清脆歌喉。

两缸鱼比较简单，每天上学前，先到楼下金鱼档去买五毛钱活生生的红虫丢进缸里便完成任务，至于换水和洗缸的重任便是家父每周的工余娱乐。

经过海陆空三种宠物严格训练，完全体验了照顾宠物需要大量时间，更如婚姻，不论生老病死，作为主人，都要不离不弃。可是这番大道理如何能叫一个四岁多的小朋友明白？在养宠物可培养孩子爱心的正面意义下，又怎么可以说"不可以"？

在未想到回绝他的方法前，我先了解一下儿子究竟想养什么狗？

抱着比同龄小孩大些的毛毛头，他毫无头绪："不知道。"

他是迷上了童话书中小孩与狗的温馨构图，受到狗儿是小孩最佳朋友的说法影响，小心灵只想要一只狗作为宠物，至于是什么品种，后续有多少工夫，又怎会在他单纯小脑袋考虑之列。

这个无疑是趁机打击他，反对他养宠物的大好良机，我道理十足地说："看，你连养什么品种的狗也没主意，还嚷着要养狗？"这样，定能打击他养狗的念头，可是养育孩子，一场漫长的人生功课，不志在争寸土输赢，终极目标是把孩子教好，更不想给他长大后埋怨："如果当年爸妈让我养狗的话……"要做到的，不是爸妈不准，是由他自己决定"我不养了"，要诱导他经过观察、体验、理解、明白后，由他们自己作出判断—— 一个将来他做任何决定前必经的步骤。

小蛇、蜘蛛、蜥蜴

以养宠物为由诱导儿子学会提出要求前，先做点功课，给自己打个底。例如，先阅读有关狗只的书本，了解不同品种的特性和饲养方法，才决定养哪类型的狗。

到了每星期的逛书店日，小毛毛头有备而来，径直奔往宠物书书架，专挑关于养狗的书，限定只让他买一本回去细细研究，回到家他埋头埋脑地翻阅，专注认真得让人感动，心软下来，有马上答应让他养狗的冲动。

自此每逢放假，添加新节目，就是到不同的宠物店去跟各种狗儿玩耍，让他学习与狗儿相处。他跟不同狗儿都玩得十分投入，难舍难离，令我再次感到矛盾，内心挣扎，是不是真的要让他养一只狗狗？

他有决定了，要养的不是吉娃娃、松鼠犬等体积小巧的玩具狗，而是大如德国狼狗的西伯利亚雪橇犬，毛又厚又长，长期要生活在低温下，需要很大的活动空间。

儿子已知悉雪橇犬的特性，并已有"解决"方法，他看着两百多平方米的家说："我们家有足够地方给它活动，可以24小时开空调便不怕热坏它。"

空调在我们孩童时代是奢侈品，小时候是开着电风扇吹着热风入睡的，热得辗转反侧时，母亲会拿着葵扇替我和妹妹扇凉驱热，必念一句口诀："心静自然凉。"到儿子的年代空调已成必需品，普通得如自来水，是不可少的家电，他不知道空调要交电费。是时候教他金钱的概念了。

"24小时空调，每月要交高昂的电费，妈妈需要时间先储点钱才行。"他问要储多久，给他的答案是一年。

我争取这一年时间，用软手法，诱导儿子尝试养其他宠物，例如鼓励他养金鱼，但他嫌普通，不肯。

在那期间，市面忽然兴起机械狗玩具，原始版的机械狗会吠、会四脚走路，买给儿子做真狗代替品，儿子嫌单调乏味，片刻生厌。一个多月后有升级的遥控版面世，手执遥控器可指挥机械狗吠、向前向后走、摇尾巴、头上下摆动，银灰色，光滑滑，不是毛茸茸，很冰冷，儿子不爱玩，他要有血有肉的真狗狗。

一天放学回家，他认真地说，他要养一条蛇。蛇？我心中虽已打出巨如恐龙的"不"字，但表面保持一贯的平和。按我们的约定，他举出三大养蛇理由：一、不是养大蟒蛇，是小小的，放在玻璃瓶子里养的小蛇，不会占太多地方；二、安静，它不会发声造成噪音骚扰人；三、携带方便。

小毛毛头早已看穿了妈妈在拖延买宠物狗的原因，是怕狗儿占用家里的空间、怕它吠声吵耳和怕照顾它。

妈妈有政策，小毛毛头有对策，解决方法不是犯大忌地说"不"，尤其他已依足约定列举三大理由，我难道自堕陷阱说"因为我不喜欢蛇吗？"

不会自毁长城，故答应带他到旺角宠物街去挑选一条蛇，给他做宠物。

我自小有"爬虫科恐惧症"，见到蛇、四脚蛇、蜥蜴、鳄鱼等会双脚发软，全身起鸡皮疙瘩，但为了身教，我努力克服那份恐惧，带着儿子去选小蛇。儿子选中了一条约15厘米长的小蛇，蛇身直径约2厘米，翠绿色，蛇麟片片，活跃地在长锥形玻璃瓶中蠕动，看得我全身发麻，儿子看着它双眼放光，无比兴奋。

问店员小蛇的饲料是什么，竟是刚出生的新鲜老鼠宝宝，店中有售，约三天喂一只。店员打开一个浅啡色木盒，展示眼睛尚未打开、全身光滑嫩红的初生老鼠，它们很快便会成为小蛇的美食。至于卫生问题，小蛇会在瓶底的层层木糠上大小二解，为免发出异味，每天均需更换木糠。

我跟儿子说，那就易办了，我负责买木糠和老鼠，他负责喂蛇和清洁瓶子。儿子犹豫一阵推说功课多，很忙，拜托我全权负责，我则提醒他：这是你的宠物。

他考虑片刻，主动建议再逛逛其他宠物店才决定，期间他有想过养蜘蛛和蜥蜴，我没反对，唯一要求是他要亲自照顾宠物，在跟店员了解喂饲和照顾方法后，他自动打消了养小蛇、蜘蛛和蜥蜴的念头。

遛狗义工

最后，毛毛头决定养仓鼠。

仓鼠毛茸茸，体积小巧，样子讨人喜爱，很少发声，饲料是清水和干粮，关在笼子里，每天替它更换笼底的纸张和木糠即可，毛毛头拣了一雄一雌放在笼子里，欢天喜地地一蹦一跳回家了。

隔着笼子与仓鼠玩耍，替仓鼠换清水和饲料成了下课后的一大节目，亦一如所料，他对仓鼠的新鲜感和热情过一阵子便减退了，放学回家只管跟它们玩耍互动一阵子，注清水喂饲料的重任就交给了妈妈。

直至繁殖力强的仓鼠怀孕了，仓鼠妈妈的生理变化令他觉得好奇，每天都去观察，我借此灌输他一些常识，当仓鼠妈妈快要分娩时，脾气会变得暴躁，不要碰它，否则它会发脾气，连主人也咬。毛毛头半信半疑，因为怜惜它，真的轻轻抚摸它时，仓鼠妈妈旋即转身咬了他小手一口，幸而伤口不深。他问我："我在你肚子里时，你也跟仓鼠妈妈一样坏脾气吗？"

"是，因为要预防有人伤害肚中的宝宝。"毛毛头整个人伏在我怀里，表示感激。

为了仓鼠妈妈，我特地去多买了一个笼子做产房，在上面铺上毛巾，将笼子密封，那是小时候吸取的经验，家中的狗妈妈分娩时，会一直躲在不见天日的沙发底下，不让人看见生产过程，更不让任何人包括主人碰触它的宝宝。

　　仓鼠妈妈共生了六只小宝宝，小眼未睁开，已本能地拼命爬到仓鼠妈妈怀中啜奶，儿子看得入神，做功课温习累了，便蹲在笼子旁欣赏温馨的喂奶画面，看得入神。

　　随着仓鼠妈妈几乎每月生下6～8只宝宝，那份喜悦降级为不胜其烦，眼见已"鼠满为患"，解决方法是待仓鼠宝宝戒奶后，把它们送回宠物店，免费回赠。

　　直至发生了两次血淋淋事件，我们下定决心把所有仓鼠连同笼子送给宠物店。仓鼠妈妈不知是否患上产后抑郁，竟吃掉初生骨肉，笼子里一片血腥，十分吓人，相隔多年，想起仍有余悸。

　　没有了仓鼠，毛毛头又再兴起养狗狗的念头，很欣赏他的坚持和耐性。尚有两个月便七岁生日时，他搂着我说："妈妈，我希望七岁生日的早上睁开双眼，便看到一个篮子放在我床边，里面有只狗宝宝，狗宝宝身上用丝带打上蝴蝶结作

毛毛头的第一只
宠物——仓鼠。

为我七岁的生日礼物。""好，这个周末，妈妈带你去挑选一只。"

周末，带他到"爱护动物协会"，要饲养动物，首先要学会爱护它们。来到其中一个大房间，里面有一个个的偌大笼子，每个笼子里都有一只不同品种的狗，笼子门旁有它们的"自我"介绍："你好，我的名字是强强，六个月大，在旺角街头被人发现。"毛毛头逐个念，不解地问是什么意思？

我告诉他，这些是被主人遗弃的宠物，流浪街头，爱护动物协会把它们带回来，替它们清洁，等待领养，如果没人领养，过一段时间便要将它们人道毁灭，因为有太多不负责任的主人，贪新鲜买下它们回家饲养，厌倦了，便把它们丢弃在街头，由得它们自生自灭，爱护动物协会地方再大也不足以收容它们，唯有人道毁灭。

"怎样人道毁灭？"

"替它们打一支针，让它们毫无痛苦地离开。"毛毛头听罢，凝视铁笼中每只渴望被领养保命的狗儿，表情难过。

我问毛毛头，选定了没有，马上可去办领养手续。

他抬高头问："要养它们多少年？"

答他："像爸爸妈妈养育你，是一生一世的事。"

小毛毛头逐个笼子细看一遍，相信心里是在挣扎，没打扰他，由得他做决定，经过两年时间的教育，对饲养宠物有了基本概念，他应有足够判断力。

心底下也有个定案，如果儿子决定养一只狗，会全力支持，因为相信那不是由美好幻想引发的冲动，是经过深思的决定，必须尊重。

最后决定：不养了。

透过养宠物他学懂了一句简单的"我要"背后需负上的责任，明白事实与幻想是两回事，将来放诸念书、恋爱、工作、交友皆能派上用场。

不养不表示与狗儿绝缘，我每星期还是会带他到宠物店跟狗儿玩；另外住在我们家附近的朋友，家中养了三只狗，我不时也会带儿子去跟它们玩耍，在毫无心理负担的情况下，毛毛头尽情地跟狗儿嬉戏，已心满意足。

对狗情有独钟，不可以养真狗，他要一只陶瓷狗看守家门，十多年来，一直至今。

高中，儿子刚满18岁，他在非牟利团体"救狗之家（Dog Rescue）"做义工，每星期腾出一日放学时间去中心的狗场遛狗。中心饲养的都是被遗弃的狗只，等待好心人领养。狗场位置偏僻，儿子不怕山路崎岖，也不嫌狗只脏，非常享受遛狗的两个小时，用自己的方法一偿养狗的心愿。

运动启示录

儿子全副武装出战剑术比赛。

运动启示录

"我的志愿是当足球员。"

"要做，做球星。"

儿子小学时立志做足球运动员，这是我给他定下的目标。

话显得势利，就如对一个只求平平淡淡做演员的艺人说"要做，做明星"。

做明星讲求条件，主观条件是样貌、演技、观众缘，但具备这些条件不代表就能成为明星，不过是可能性较高，最重要的是努力和有幸运之神眷顾，因此有样子不太标致、不太帅气的男女，可以成为明星。

在香港，足球经过1950—1980年的黄金时代后，球迷都从本地足球移情看英超，入场观看本地球赛的球迷日渐减少，本地球会大多出现亏蚀，老板不肯再投资，打造本地球星的能力呈负数。香港球星是个不切实际的虚词，球员退役后无以为继，被迫转行去做低技术工种，"球星"尚且如此，球员就更不堪了。不像外国球星如大卫·贝克汉姆，拥有庞大财富，退役后利用球星光环从商，生活无忧。

定下一个不可能的目标，是具鼓励性的说"不"。

不鼓励儿子当职业足球员，但鼓励他做运动，锻炼体育精神，不惧怕向高难度挑战，堂堂正正比赛，用实力取胜，逆境也不放弃，跌倒爬起来继续向终点冲，输要输得有尊严，将体育精神应用在日常生活中，人会充满正能量。

现实环境中做不到球星，却可做任何界别的星，星代表耀目，表现出色，发光发热，鹤立鸡群，脱颖而出。达到星级要付出很大努力，意志坚定，不问回报捱苦，能够承担失败，可以驾驭胜利，接受技不如人的现实。从而激发自己进步，发挥潜能，才成真正的"星"。

有年轻人完成大学会计课程，父母瞩他继续考取会计师专业资格，增强竞争力、赚更高收入、前途有保障及获得社会地位，年轻人不肯，他宁愿当教师，也不当会计师，自由自在，不要再辛辛苦苦考一大堆专业资格文凭试，他厌倦考试，父母以会计师收入比教师高，锲而不舍游说，年轻人不肯，争拗不休，要我评理，我跟年青人说："没问题的，你有选择自由，父母都希望子女好，但父母的好跟你们的好，落差可能很大，但他们有责任作出提点，有人立志住豪宅，有人不屑宁住蜗居，选了蜗居就不要埋怨为何没豪宅住，自己要向自己的选择负责，所以你先审视一下，你的生活要求、水平、模式，如果你要开名车，每年出外旅行两三次，都是坐商务舱，做的工作和收入就朝这个目标出发，但不可以一边散发弄扁舟，一边抱怨生活条件不如人，那就是不切实际，跟自己过不去。"

年轻人终究坚持不考取专业资格，谁又能强迫他？他弃做会计师，或者会成为闪烁教育界之星。

家父因战乱，没念过几年书，他给我的座右铭是：扫地也要是扫得最干净、最出色的一个。即是要做"星"。

家父的理论基础是，扫地出色，会得到赏识，有机会晋升组长，然后升主任，再跃升经理，甚至自己开清洁公司，这番家父也忘记的教诲，对我影响深远，潜意识催眠了我，由第一天上班做见习记者便跟自己说："我要做采访主任，我要做总编辑，我要做老板。"

见习一年，晋升做采访主任，三年后做了总编辑，两年后自资创业办了一份周刊，有如跑步，向着终点冲刺，家父的话早已融入我血液中，在工作上尽力做好，定立目标，投入拼搏，能连续六年，每星期工作七天，没放过一天假，每天只睡三四个小时，每星期跑四五个专访，写一万多字，不觉苦，不感压力，相信是因为长期运动的关系。

我没拥有运动家的体型，却热爱运动，小学时期，已跟几个志同道合的同学自组篮球队，起名"Milky Ways"（银河），我是搞手兼任队长，自撰会规，每逢假日便返校练球，由早上八时至下午三四时，再"柴娃娃"①到街头熟食

---

① 柴娃娃：一块儿去玩。

中学学校运动日，我得全
场总冠军，由校长颁奖，
并得到运动奖学金，全年
不用交学费。

档，吃碗面补充体力便回家。

　　我入读的中学是香港少有运动设备齐全的学校，校内有个奢侈的二百米的跑道，篮球场、足球场、体操室、舞蹈室一应俱全。初中时我已被选为篮球、体操和田径校队队员，每天下午三时放学后，留在学校接受不同的训练，代表学校出战校际赛，拿过不少奖牌。

　　我属于运动场多过课室，家母恐我花太多时间在运动上，一度想跟校长投诉，幸而我在中四那年，凭着学校运动会上取得全场女子组总冠军，赢得运动奖学金，可免交每个月110港元学费，家母觉得运动能帮补家中GDP，才准我继续参加校队。

　　每当工作不顺，遇到重重困难时，我就会想起练习110米跨栏的情景。开始时跑"七步栏"，教练觉得速度上进步缓慢，要我改跑"五步栏"，我没有质疑，没有不满，缠绕脑袋的是怎样将"五步栏"练好，专注集中，初期未习惯改步履，失平衡跌了一跤，力度重得连运动裤双膝位置都擦破，穿成两个小洞洞，血流如注，急急止了血，训练没停下来，毫无怨言，也不觉痛楚，比赛在即，无暇想太多，目标为本，苦练了几个月上阵，在运动会上得了冠军。

几年的严格训练，不知不觉培养了严守纪律的性格，相信写专栏超过30年从未开过天窗，亦与此有关。

足球与游泳

丈夫十五六岁时，被选为香港足球青年军代表队，他一辈子第一次坐飞机，就是代表香港到新加坡出战。儿子视爸爸为英雄，所以在众多运动中，儿子偏爱足球，自小与爸爸一起观看英超赛事，讨论各球员表现，预测赛果，为增加他对足球的兴趣，我和丈夫特地带他去看球赛，让他感受现场气氛，世界杯期间带他去酒吧观看准决赛和总决赛，为拥护的球队呐喊欢呼，一家人疯一个晚上。

香港政府在推动体育方面，投放了不少资源，曾举办一系列共30项的体育培训计划，从小培养运动员，计划分10岁以下的"幼苗"和11岁以上的"青苗"两个组别。

儿子8岁，参加了"幼苗足球培训班"，学习基本功。足球成为他主要课外活动，此外，儿子亦加入一间私人会所的周末足球班。

踢足球，自小体会群体合作精神，学习与队友培养默契，明白成功必须经过恒心苦练，地狱式的意志锻炼，不能奢望一步登天，输了比赛，知耻近乎勇，发挥奋斗精神，增加情商竞争力，教练军令如山，学会绝对服从，出赛前自己换球靴球衣，不会染上王子病、公主病。

做球员除了要有健康体魄外，还要有灵敏的触觉，看准机会组织攻势，判断力要高，在电光火石间要决定将球交给哪位队友胜算较高，何时应大脚将球踢出界解困，要懂得进攻，也要懂得防守。

在职场，跟不少年轻人共事过，发觉他们普遍欠缺耐性，不甘于从低做起，有勇无谋，服从性低，欠沟通技巧，与同事难磨合，容易发脾气，时间观念薄弱，逃避责任，不懂独立处事，爱面子，害怕失败，轻易放弃，当中有我初出道的影子，因此吃过不少苦头，从中醒悟过来，希望儿子通过运动，得到体育精神的感召，少犯这些错，少走冤枉路。

运动令身体健康，也令精神健康，运动刺激脑部分泌胺多酚，一种会令人快乐的分泌物，有抗抑郁作用，遇上心情差，去跑步健身比起借酒消愁效果好上百倍。

年轻人精力过剩，利用运动消耗一下，不再有剩余精力胡思乱想。

自10岁开始，儿子患近视，加深速度快，短短一年间，度数加深了200多，要架着近视镜踢球，很不方便，他怪罪我："妈妈为何你把我生成有瑕疵的次货？"

不知他从哪里学会讲次货，我开解他："你不是次货，比起先天健康有问题的孩子，近视算什么？尤其现在科技进步，可用激光治近视，你现在只是短暂的不方便罢了。"

他年纪尚少，眼球发育未健全，不能做激光矫视，我四出寻找方法，终于找到矫视隐形眼镜，每晚临睡前佩戴，翌日除下，近视会暂时消失约30小时，方便日间不用佩戴有框眼镜，矫视隐形眼镜不能治近视，也不会减少近视度数，原理是给眼球压力，短暂回复正常视力，当眼球肌肉慢慢松弛，近视又会回来，对于爱运动的儿子来说，极之方便，给他配了一副。

足球以外，儿子也习泳，每星期上两节游泳课，由教练单对单训练，每次都要他跟自己的成绩比赛，一次要比一次好，达到了自己最快时间便要竭力保持。

足球培养团结精神，集训过程中可与队友切磋、研究、比拼，有商有量，有人气，有竞争。

学游泳，一个人面对教练，在水中拼命游，没有旁人的压力，靠自己鞭策自己，单打独斗，过程孤单苦闷，全凭自己咬紧牙关拼命游，靠的是毅力、韧性的锻炼。

踢球赛，状态欠佳，尚可依赖队友补位，自己射龙门失准，队友可补中，就算表现差强人意，但若球队胜出，也可叨光，分享球队的胜利。

泳赛不同，要赢全凭个人实力，输了不可诿过于人。自负盈亏，荣辱全属个人。

投身社会，过的是群体生活，不可做独家村，跟踢足球一样，盯人、单挡、将球传左还是传右，组织攻势，讲求队友间默契，与此同时，不可完全依赖队友，个人亦要拥有出色球技，不断提升，否则会被队友嫌弃；但脚法再出神入化，如不合群，会遭队友杯葛，刻意不给予发挥机会，英雄无用武之地，要靠与队友合拍才能踢出一场精彩的球赛，这么复杂的处世道理，要花多少时间唇舌才能令孩子明白？

透过足球和游泳，让他领略，事半功倍。

我从没习泳，却将习泳的自强精神，运用在工作上。

当记者之初，我的中文水平差劲得一度被编辑形容为"文盲"。

出师不利，出道第一篇采访稿，便告焦头烂额，由于大学主修英文，很多中文字都会讲不会写，执笔忘字，竟令2500字的访问稿上，有25个圈圈，副总编辑问圈圈代表什么，直率回答："代表我不会写的字。"副总编辑眉头一皱，厉声骂道："你没念过书吗？是文盲吗？要我玩填字游戏吗？"然后使劲地将稿件"啪"地摔在我桌上，给吓了一跳，那时候未有计算机，不能谷歌、百度，问谁呢？幸好另一位编辑出手相助，教我填写了25个圈圈。我跟自己立誓，今后牢记这25个字，不再被嘲"文盲"。

不学无术，活该挨骂，副总的痛骂化成原动力，推动我每天上班抱着厚厚的英汉字典，不懂得写"坏"字，就查"bad"，稿子再没圈圈，这大概就是知耻近乎勇吧。

书到用时方恨少，行文觉得词穷，天天抽时间读词典，看到有用的好词语，将之抄写在笔记上，为令文笔进步，趁乘公巴时间看金庸小说，抄下好句，有空便翻出来温习，每篇访问稿出街后，都在旁边做笔记，检讨哪个句子精彩、哪句差劲、忘记了问什么问题、下次做访问应要留意哪方面，别人出色的专访稿也是我的教材，劣级次货成最佳反面教材，自立中文速成班自救。

数年后，当了总编辑，鉴于当年受过副总编辑奚落，在发现记者表现不合格时，会作有建设性的问责，换来的竟是他们的眼泪、不服气，甚至递辞职信。年轻人自尊心强，面皮比纸薄，就是不愿意接受错失，不适当地运用自尊心，漠视自己的不足，有时处理他们犯错，反而要忍气吞声，尤其近年有了最低工资，年轻人遭责怪即辞职，反正东家不打打西家，工资都一样。

运动其中一个重要的使命，是学习接受犯错和失败。

弃前锋，做后卫

足球教练点名儿子踢前锋，儿子拒绝，选择专责后卫，因身型较同龄孩子高，更有意做守门员，完全反映他低调内敛害羞的性格，我反对。

跟他分析："前锋踢入一球，全场欢呼，随时成为赢球功臣，射不入，球迷不过是喝一声倒彩，做后卫挡敌有功，球迷不会记得，守龙门救了100个险球，被第101个球射入，球队输球，沦为罪人，踢前锋赞赏多，做后卫和龙门被骂多，你看世界足球先生往往多颁给前锋，你跑得快，脚法不差，射球有力，连教练都认为你有条件做前锋，为何不好好运用你的能力？"

他用了一个星期消化这番话，谨慎的他，细细思考评估自己的能力，才决定做前锋。

不是势利，不是要他出风头，是借助运动训练性格，他排队任由别人插队越排越后，性格忍让，踢后卫或守门，主力只守不攻，往往被动，性格会更内敛，做前锋可平衡一下性格，令他习惯主动出击，何况他有能力。

在竞争激烈的世界，必要攻守兼备，只守不攻，很容易被曲解为无能力、好欺负、任人占便宜，在适当的时候采取攻势，是对自己负责。

从小学到中学，伴随儿子练球是每周乐事，儿子八九岁，初去足球集训班，会与我并肩而行，有说有笑。十岁，他走得稍快，在我前面两个身位。每长大一岁，他就走得更快更前，与我的距离越拉越远，甚至扮作陌路人，不会跟我交谈或有眼神接触，儿子不喜我站得太近看他练习，因恐有其他家长认得我，他会成为焦点，同时他怕被人发现还要妈妈管接管送，被嘲"裙脚仔"①。其实，其他同龄学员的家长，甚至爸爸妈妈齐出动，守在场边伺候集训的儿子，小休时急不可待拿着水和毛巾，冲前替他们抹汗递水，偏就儿子不许我献殷勤，他会一个人走到场边去自顾自喝水擦汗。

我乐得站得远远的，不用与围在场边的家长交谈，静观儿子进行热身、带球、射门、传球等基本技巧训练，每周两小时，喻之为欢乐时光，给繁忙脑袋沉淀思考。

每当见到儿子在球场表现懒散，必厉言斥责，重点不是他能否成为出色的足球队员，而是他必须做个负责任的队员，他的一时散漫可能会导致球队输球，不想踢，没用心踢，不如不踢。工作上，常跟我的团队说，每人多走一步，效果会比预期的好；每人少走一步，失败必在意料之中。

出赛要全力以赴，上班亦然。敷衍塞责骗人工，是侮辱自己，自损尊严，对不起所受教育，不如辞职，让位给需要这份工作的人；球员在球场上梦游，侮辱了身上的球衣、脚上的球靴和球迷，不如退役。

---

① 裙脚仔：广东俚语。意指整天跟在妈妈裙后，长不大的小孩。

这个缘故，他从不让我和丈夫观战，避免压力，每次比赛回来，问他战况如何，他只肯讲比数输赢，不讲赛况，因为"你不懂足球，不会明白的了"避谈，却会跟爸爸详述球赛，心里很不是味儿，苦笑，慨叹自食其果，他就是我的镜子，没耐性、讲效率，不会浪费时间跟不明白的人多说一句话，他跟我太像了。

儿子入选足球校队，每星期都有比赛，一场也不让我们观看。

到了中学毕业前最后一场球赛，儿子随意地问："你们有空来看球赛吗？"那是校际冠军赛，如果胜出，儿子学校便成冠军。

球赛在晚上举行，当天是2月14日，西方情人节，我和丈夫本来早有安排，接到小情人的"邀请"，喜出望外，马上取消所有节目，到偏远的球场去观战。

临开场前，儿子过来跟丈夫约定："爸爸，你站在我攻门的一边，随时在场外提点我，要注意什么、如何走位，做我的私人教练。"他常跟爸爸看球赛，听到爸爸对球员球技的品评独到，对爸爸支招充满信心。

场上儿子走位、控球、传球、起脚射门都很决断，已经是个像样的前锋，不似从前般怯怯懦懦。

球队整体实力比敌方稍逊，开场不久便落后一分，儿子没气馁，努力想扭转局面，屡次攻门不果，球赛经常有反败为胜的赛果，原先落后，在最后三分钟可连追两球扭转乾坤，不战斗至最后一分一秒，不知道胜利谁属，所以领先忌轻敌，落后勿放弃，逆境自强，随时改写命运，结果儿子球队输一球，屈居亚军，儿子失望但没有不快。

"今天我踢出了水平，我满意自己的表现，输了就是输了，没法改变。"

输要有输的风度，儿子的态度，叫我安心。

我和丈夫全神贯注站在场边观战超过一百分钟，场地未完成兴建，地上铺满泥沙，大风卷起沙粒，沙尘滚滚，抵着冬夜寒风，眯着眼睛观战，弄得蓬头垢面，但不觉累。

赛后我们到一家小菜馆去吃顿简单晚饭，回家休息。没有米其林餐厅的烛光晚餐，没有鲜花，没有香槟，没有礼物，无喁喁细语，却是我们共度的二十多个情人节中，最窝心、最愉快、最甜、最暖、最满足、最丰盛、最浪漫的情人节。

私 人 教 练

儿子念高中，被选为班代表，出战学校运动会100 米、200 米及 4×100 米接力赛跑，他向我拜师："体育老师不会做个别训练，你念书时是田径校队，我想你做教练，教我赛跑技巧。"

正中下怀，我的强项是短跑、110 米跨栏及跳远，还好记得一些小秘诀。

从起步开始教他，双掌如何撑地、两掌的距离、身体的重心放在哪里、向前倾斜的角度、前腿后腿的距离、用哪只脚做助跑。

做儿子教练，是自他10岁后，难得的亲子机会。能够得到已有主见、每觉妈妈思想落后的儿子视作权威，言听计从，没半句意见，虚心受教，不会边学边质疑，我感到非常踏实。他怎会明白，在工作上有很大满足感的妈妈，最渴望的是得到他的认同。

在分秒必争的100米赛事中，起跑若比对手快0.01秒，便会大大增加取胜机会。

起跑大忌是偷步，在司令员未响枪前弹出，是为偷步，司令员会马上暂停赛事，对偷步选手作出警告，然后重新开始赛事。如果同一选手再偷步犯规会被取消资格，被判出局，因此被警告选手心理压力很大，不仅不敢再偷步，反而是为保险而慢了起步，结果多半会输，除非对手特别弱。

最完美的起跑是"压枪"，在司令员刚扣下枪掣的一刻弹出，既没偷步又没浪费半秒，增加胜算。

能做到"压枪"不是靠运气，是靠做足准备工夫，赛前提早到场观看其他人比赛，每当司令员发号施令"预备"，心里就开始数1、2、3……直至叫"各就各位"，又数1、2、3……到"砰"一声枪响，一次、两次、三次，多数几次，便能掌握司令员开枪的节奏模式，是在"各就各位"后的两秒或三秒，知己知彼，出赛时，心里有数，只要司令员不改变模式，便能"压枪"。

走出正确第一步，往后便会事半功倍，诀窍是要做好事前准备。

每日做完功课，儿子就会到附近运动场去练习提腿、步速等基本功，很用心，很努力。我心中有数，他半途出家，临急抱佛脚，胜算不高，却仍努力力训练他，如赢固然喜出望外，输也要认真地输，不能太难看，得到一句"虽败犹荣"作安慰奖也不错。

赛跑包含很多学问，跑100米和200米是两回事，跑100米讲求爆发力，由头到尾全力以赴；跑200米要有策略，起跑领先，会有跑狗场的电兔子效应，成为对手追赶的目标，自己前方却无"电兔"，比较吃亏，所以在开头50米不要强出头，保留在第2、第3的位置，到了弯道才发力，再转入直路，若领先，多半能胜出。

处理不同的人和事，要采用不同方法，用错方法发错力，会导致徒劳无功。能从运动中领悟出这个道理，受用不浅。

特训下，他在校运会跑100米和200米打入了总决赛，却三甲不入，4×100米则得了一个奖牌。

尽了力、付出了，不一定开花结果，享受了过程、从中得到启示、悟出点儿道理，无形的得着，比得到一个奖牌意义更大，起码锻炼出愿意接受技不如人的心态，遇上挫败时很快可以重新站起来。

儿子学过溜冰、跆拳道、骑马、网球、滑雪、击剑，每项运动都买齐装备，不到半年便放弃，装备全部转送我朋友的子女，不强制他继续，在一些无关痛痒的事情上，给予他自由。

为争取入名校，近年来，运动已沦为投考名校的资本。由于名校招生着眼于考生是否全面平衡发展，除书本知识外，体育、音乐、美术方面的造诣甚受重视，如何令学校在面试的十多分钟，明了考生在各种不同范围的进展程度？就要靠一纸证书。

市面的兴趣中心为迎合家长需求，几乎连学用筷子也颁发证书，例如学溜冰10小时，会领到初级班毕业证书，拉小提琴要参加考试，学跳绳也颁证书，孩

大头热爱足球，暑假时担
任助教，指导五六岁小朋
友踢足球。

子的课室不单在学校，也在琴室、球场、溜冰场，兴趣班成必修课，从用来调剂
松弛的游戏变得很是功利。

　　证书的作用是用来加厚孩子的履历，幼儿园面试时亮出来，作为父母对孩子
高度关心的背书，一所著名幼儿园校长告诉我，他们的老师从不看孩子的履历，
要面试几百个孩子，时间上根本不容许，面试主要是考孩子的现场对答和反应。

　　足球由始至终是儿子最心仪的运动，高中毕业前的暑假，他被教练选中当小
童暑期足球训练班的助教，他兴奋莫名，不管天气好坏，晴天阴天雨天，他都兴
高采烈地去球场。

　　有时我会不动声色去探班，一个刚下过小雨的早上，球场湿漉漉，他穿白
色球衣短裤，在球场上指导一帮五六岁的孩子。回想他约六七岁时，眼神充满好
奇、紧张、期待，去参加幼苗训练班的情景。

　　时间在忙碌中溜走，同一种运动，他由学员变成助教，眼中闪烁自信，明确
地给一帮小童指引，他在球场上的身份角色转移，很快他在人生道路上的身份角
色也会随着生命的轨迹转移，唯愿他眼神里一直绽放自信。

关心 ≠ 操控

牛 扒 宣 言

念大三的圣诞节，儿子返港度假，短短10天，母子大吵了三次，小吵亦频频，每句出自我的话，他都一言九顶，不停顶撞，抽后腿。

一年没回家的他推着放了两个大箱子的行李车步出禁区，跟我点了点头，实时跟爸爸拥抱，我站旁边带笑问："妈妈呢？"

"我一年多没见爸爸，暑假时你来美国，距今才几个月，当然是先抱爸爸。"然后才轻拥我一下。

他熟练地把行李放入汽车尾箱，我跟他说："你坐司机位旁，路上可跟爸爸多倾谈，我来坐后座。"一心让他与久违的爸爸聚旧。

"一家人，大家一起聊天，不要分什么你我。"一副冷面孔。

四个多月没见，先赏来两记闷棍。

车上问他此行有什么wish list（心愿单），本意是指买东西、吃馆子的清单，他答："每天睡到自然醒，吃过早餐，小休一阵子，便去跑步做运动最少一个小时，之后看情况，或留在家中，或出外见朋友。"

替他预先约了亲友吃几顿便饭，像个秘书抓紧时间在车上向老板报告，叮嘱他不要约人。他不再是毛毛头，不再任由爸妈支配，要用朋友的态度对待。

回到家里，他把行李推到房中去，不准我们看他开行李。未几他拿着学期得意之作展示给我看，耐心解释每一个细节，然后把我嘱他买的喉糖放在我面前，我喜出望外，他说："每种味道都给你买齐，看，放在一起，颜色似彩虹。"

两记闷棍后，送来甜头，我紧紧抱他。

抵达当日正值冬至，齐集家人来晚饭，顺便与儿子聚旧，家人一批批到达，儿子跟男的握手，女的拥抱。当日气温骤降，室内人多，暖和得要打开露台门，借外面的寒风作空调。

准备了一桌他解馋的菜式，由他爸爸亲自下厨，他走进忙乱的厨房，打开冰箱，取出家中常备的牛扒："今晚我不想吃太多东西，吃煎牛扒就够了，我自己来弄。"

感觉如玩"冰桶挑战"（Ice Bucket Challenge），一大桶冰照头淋，跟丈夫反复商量几天设计出来的菜式都白费了，很不是味儿。

我忙着招呼没说什么，丈夫配合他，他说牛扒每面煎两分半钟，丈夫就拿着计时器替他计时，煮个即食面也手忙脚乱的他，此时对付平底锅中的牛扒，手势纯熟，下什么调味品都胸有成竹。

大家团团围坐，转动饭桌中央的圆转盘，品尝粉皮鱼头、自家制锅贴、春卷、花胶汤、家乡炒蟹、改良韩式炸鸡、油浸笋壳鱼、炆猪手、越南生牛肉米粉，各人吃得不亦乐乎，他悠然自得地吃牛扒，让他尝一点桌上的菜，他推说饱了，叫了好几次，他应酬式吃了几小口。

家父，他外公，坐在轮椅上视线没离开过他，两个嘴角向上，嘴没合拢过。儿子拿出大学出品的卫衣，是大学的校徽红色，胸前绣上大学名字外，还有Grandparent字样，大码。在他心中，外公还是壮年的外公，不是眼前因病消瘦、体弱要用拐杖坐轮椅，穿中码也略大的样子。

他细心将卫衣披在外公单薄的双肩上，"给你冬天保暖的。"外公眼中闪出幸福的泪光。

将牛扒吞进肚子里后，他跟表哥表弟们到房间去聊天。

牛扒的宣示是：我长大了，别打算支配我，我的生活模式由我主宰，我们要彼此尊重，你吃你喜欢的，我吃我的。

自己饭自己吃

儿子很注重早餐，他回港翌晨女佣煮了越式牛肉米粉给他，放在托盘上端给他，他拿起筷子预备吃时，我因见托盘底不平稳，预备替他将汤碗移到平滑的台面，他阻止："自己饭自己吃。"文法不通，理解意思是："吃的是我，请别打扰。"我把手迅速收回。

"牛肉汤的汤底是……"

"是你配制的，用大量牛骨，加入红萝卜、白萝卜熬了几小时，材料全天然，汤清味浓，你昨晚已跟所有人讲过了，不用再讲。"

不想他回港第一个早晨便关系紧张，只说："以为你没听到。"便坐着陪他吃早餐，他边吃边教导我："你想健康地消瘦，每朝起床先饮一杯热柠檬水，有清理肠胃排毒的作用，然后快跑5分钟，不需要多，只需5分钟，天天如是，很快便会消瘦。"在他深啡色的瞳孔中看到自己的样子，像在照镜子，语气跟他小时候我教他如何保暖、用什么方法增高、不要吃垃圾食品、剧烈运动后不要马上坐下来、什么该吃该做该讲该听，完全一模一样，连性急程度他也遗传了："快换衣服去跑5分钟。"

"明天会去试。"

"不要等明天，你现在反正闲着，快去！"

"不是闲着，是为了陪你才停工不赶稿。"

我习惯要他坐言起行，常提醒他拖延是时间的盗贼，他今天用子之矛，攻子之盾，来宣泄他自小所受的"压迫"。

"你的亲子书完成了吗？"老师来检查功课了。

"到最后冲刺阶段，还差一两个章节。"

"你看你随意停工，怪不得你迟迟未完工，我们交功课可没这么优待。"

"是，如果我唯一的任务是写亲子书，不用打理家里大小事务，不用天天交两三个专栏，写书如抄书般不用动脑筋，不用做资料搜集，不用替你奔跑高校两次去拿推荐信，还要飞去美国替你添家具，不用探望外公，天塌下来也不理，做个洞穴人，早应该可以完成。"他知道妈妈要发作了，不再说话，早餐后稍作休息，他到屋苑会所健身室去做运动，"来，换衣服，跟我一起去跑5分钟，才5分钟很快的。"又来了。

"我要赶稿，明天吧。"平静地跟他说。

赶在圣诞节假期前，跟他去银行办一些手续，约定出门时间，但因大脑便秘，稿子写慢了，迟了15分钟才能出门，平常定比我迟的他，早已穿着整齐在等我，"你怎么不能准时？"又是复制我的口吻。

"对不起，下次会准时。"我笑笑说。

在停车场泊了车，儿子背起大背包。我说："把它放在车上吧，待会儿回来取。"

"我觉得背着没问题"，他嘴角渗着倔强。差点忘记"自己吃自己的饭"一话，由得他自己背自己的行囊。

办过手续，跟他到快餐店吃了个简单午餐，他赶着到附近会合旧同学，我预备驾车送他，"不用了，很久没在香港的路上走，我想自己一个人走走。"像离乡30年没回过香港的老华侨。

"你从这里走，然后……"想告诉他路线，他阻止："我懂，我在香港长大的。"

目送他高挑的背影，忽然想起一事，叫住他，他回头，把话听完，不悦地说："下次一口气把话说完，不要把话分开几次说。"转身大踏步而去。

我也曾用差不多的语气态度跟家父家母讲类似的话，今天看到从前自己，原来也曾这样叫家母难受，他像黑入了我的记忆系统，翻阅了我少年时代的行为，要为外公外婆出一口气般，将我的坏习惯冲着我重演，他可能未有耐性翻阅到尾段，看到我为此感到歉意内疚。

关心 ≠ 操控

儿子回港10天期间，我跟他去吃他期待已久的越南餐，然后一如约定去国金商场买鞋子，再驾车到九龙几家他喜欢的店里去置新衣服，往国金途中因买了大包小包杂物，很重，车子就泊在国金地库停车场，打算先把东西放车上，再两手空空轻松点去逛鞋店，儿子一屁股坐了上车，我告诉他我的安排："来，已把东西放好，我们现在去鞋店。"

他板着脸，"不去了，现在过海去九龙吧。"

"为什么不去？就在楼上。"

"为省时间。"

"乘升降机很方便，一来一回也不过5分钟。"

"不买了，现在去九龙！" 蛮劲如一头牛。

在停车场里争执了几分钟，放弃，开车到九龙去，小小车厢中静得蚊子飞过也听到，急躁脾气耗光耐性，教训他："太三心二意，经常改变念头，赶时间也不过是差几分钟。"

"是你经常改变主意，明明事先说好去买鞋，忽然就走到停车场。"

"你不想去停车场，为何我进升降机时你不阻止我？我又不是你肚子里的一条虫，我怎么知道？"

"你有告诉我吗？我也不是你肚子里的一条虫，我怎知道你改变行程？你连问也没问我。为什么不可以先买鞋子，再去停车场？"

"我想你把挽在双手的东西和背包先放在车上，可以逛得轻松些。"

"我有说过嫌东西重吗？拿着去买鞋子有什么关系？"

"就因为这个先买鞋还是先放东西的问题，你便发脾气？你认为这就是叫长大？你不跟我沟通我怎知道你的心意？你就不会欣赏别人为你做的一切？"

"你还是像以前，事事都执着，总是要我认错，吓得我不想回来，幸好今次只回来10天。"

熊熊怒火由心闪燃，我认真严肃地说："如果你真不想回港，不会勉强你，但我得提醒你，赌气归赌气，不要把话说过了头，太伤害人的话说出了口是收不回来的，所以在争口舌输赢前，先想想后果，肯定那是心中想说的话，不要为一时之气。"

与我剑拔弩张的他平静片刻，很认真地说："妈妈，我不想这样，我回来日子这么少，我想余下的几天都开开心心地跟你度过，有时候，我也觉得自己很奇怪，不知是继承了你还是爸爸的习惯，在争辩时会很固执，我跟女朋友吵架也是这样，有时气得她想哭。其实我不是有意的。"

他婉转地道歉，我也坦白："你这个习惯来自我，你爸爸是不会跟我争辩得这么不放过对方的，看来日后我们要好好沟通。"

他惯常去的服装店都在做冬季大减价，我陪他逛。"这对鞋好看"，在20多个鞋款中，跟他在0.001秒中同时指向同一对；"我喜欢这卫衣的设计"，母子俩在几十件卫衣中选同一件，心有灵犀，血浓于水，他身体流着我的血，他是我的基因再造。

翌日，未及消化沉淀买鞋事件带来的提示，引发"干涉早餐"事件。

丈夫为争取时间，要儿子尝到他烹煮的菜式，刻意留在家中煮早饭给儿子吃，菜式逐个从厨房端出来，最后是一尾鱼，丈夫像平时随口说："快趁热吃。"

我正在忙，儿子朗声说："听到吗？趁热吃。"

"你先吃，我忙完了会吃。"

他不放弃："听到吗？趁热快吃。"

重复又重复，很烦，终忍不住阻止他："够了。"

这是要我感同身受，"你也觉得烦，对吗？冬至晚上，我不是说已吃饱了牛扒吗？为何你还不停地叫我吃这吃那，令我要不断在大家面前拒绝你，为何不相信我？我饿了自然会吃，饱了怎吃得下？"

这不是十几岁的我吗？家父家母经常劝食，"多吃一点""再喝碗汤"；劝穿，"天气凉，带上外衣才出去"；劝睡，"别太晚睡，有损健康"，全都被驳回。念中学的我跟未来的我许诺："将来为人父母，不会像坏掉的录音机，不断回带重复，劝这劝那。"

看到朋友不厌其烦地哄子女："来，给妈妈多吃一口饭"，会忍不住出言阻止："肚子最公道，饿了便会吃，不用哄的。"

对儿子，我学会捕捉心理的方法劝食："你嘴唇干燥得龟裂，光用润唇膏只能治标，治本方法是多饮清润汤水。"儿子便会每天自动自觉饮苹果雪耳汤和蜜糖水。

没想到冬至晚上一时情急，"母亲病"发作，跌入了劝食陷阱，或许是儿子离家久了，疏于练习之故，不过显而易见，当妈妈的多没出息。

饭桌充满火药味，丈夫洒水扑火："我们一家其实都互相关心，很紧张大家，就是在说话时，未学会加上温柔，来，快吃，菜要凉了。" 饭香盖过了火药味。

习惯每早清晨6时起床，看报吃早餐，启动新的一天。儿子醒来时，我已进入工作状态，脑袋清明，他人起了床，脑袋在半睡醒状态，不想说话，不想动脑筋，最容易发脾气。我记得，小时候，刚睁开眼，家母跟我说话，我会失控大叫"别吵，别吵"。长大了，忘记了坏习惯，也早已改过了，竟仍是遗传给了儿子。

忘记是他回来的第几个早上，我在埋头写稿，他起来嘱女佣给他煮什么早餐时，我提议他可以吃什么，他怒气冲冲："你为什么要干涉我吃什么早餐？"我闭上嘴，不理他。

睡意渐退，他觉得不妥，来跟我说话，我反问他："为什么要干涉我写稿？"母子俩很无聊地顶撞了几句，又是互不理睬收场，吃过早餐，他到屋苑会所健身，我余愠未熄到附近小径去散步降火。

未几，手机响起："妈妈你在哪里，可不可以回来开车送我出去？"

怎样反应？我匆匆回去，来不及换衣服，没化妆便赶着送他去赴约，在车上有谈有讲，没再提"干涉"的事。丈夫直言："相信除儿子外，无人享有这个特权。"

不因他一年多才回港10天，为珍惜共处时光而让步，我是在检讨，我忘记了买鞋事件的警醒，再次踩父母地雷，停留在时光走廊，忘记了儿子已长大，不是当年任由摆布的毛毛头。"你有问过我吗？"他锲而不舍地追问给我当头棒喝，他是个独立个体，他尊重父母，亦希望得到父母的尊重，他正式宣布不要做我们的牵线小木偶。

"余下几天开开心心跟你度过。"让他如愿，不过是把为母的执着些微放下。

儿子离港返美前一天，派项任务给丈夫："好好跟儿子分析关心和操控的分别，他似乎弄不清楚，爸爸妈妈问他跟谁晚饭、几点回家、多吃一点、天冷要添衣，是出自关心，不是操控，不需要反应异常戒备和不悦，答案满是挑衅性，随时准备开战般。"

可预计这番话若由我来说会有反效果，儿子听不进去，更会吵起来，因为我有双重身份，既是夏迎春，也是钟无艳，丈夫是他的英雄，他的朋友。

两父子关上门，密话约半小时，自门打开一刻开始，儿子的轮廓分明多了一份温柔，说话的尾音不是倔实实，放轻了，口气如跟女朋友倾谈一般。

大清早，送他到机场，入禁区前，丈夫替我俩拍照，我预备在刚吃过早餐的裸色唇上抹唇彩，儿子紧拥着我的肩膀："不用，要有自信，你已经很美。"很男子气。

在禁区外，我走去不同的位置，寻找看到他过安检的角度，他把背包、外套放在运输带上过X光检查机，背影消失在旅客中。

往停车场取车途中，丈夫手机响起"WhatsApp"铃声，看了内容后，他满意地笑。笑什么？

他把手机给我，儿子写道："谢谢给我一个惬意假期及宝贵的一席话，放心，我会谨记爱情至上。"

内容以英文为主，唯"爱情至上"四字写中文。

丈夫给儿子的一席话是："你妈妈其实很爱你（下略两百字）……跟妈妈相处很简单，你用对待女朋友的态度最为恰当，女朋友也会像妈妈问这问那，你会觉得女朋友是关心，不是管你，反而她不问你会怪她不关心你，对待妈妈也一样，爱情至上。"

爱情至上，简单直接，儿子马上参透。多谢我的最佳合伙人。

升学运动

　　我既明言让儿子念国际学校，是向本地教育作出抗议，如儿子被本地学校拒收，抗议会被视为"因为考不上便美其名为抗议"，要把话说得响亮，就要考进去，然后拒绝入读。

　　以此身教儿子，口讲无凭，行动才是最有力的证明。

15岁那年

15 岁 那 年

　　在我们家字典里，没有"不准""不可以""No"等用词。人的主观意愿和自尊，是不容许被拒绝的，不论背后是否有一千个理由支持，没人会听得进去并会服从，通常只会激起反叛细胞，破坏感情。

　　很清楚这种心理反射，是因小时候经常被拒绝。曾向爸爸要求学画画，换来的是一轮喝骂："都说穷画家，穷画家，画画是没出息的，不准学！"我没说要做画家，只是为兴趣，我哭着跑回房间，在纸上画了很多骷髅和坟墓，写了很多个"死"字。诅咒自己，觉得委屈、生不如死，那感受，到今天还记得，所以不想儿子尝到。

　　但，不拒绝并不表示会答应现实条件不许可的要求，而是改用分析和理解的方式去拒绝。

　　"不准""不可以""No"是懒惰消极的拒绝方式，用心积极地拒绝是要有建设性的，让儿子知道被拒绝的理由，是学习理解和讲道理的第一步。

　　当要拒绝他各种不合理、古灵精怪、不能被接受的要求时，会先问"为什么"。

　　儿子15岁那年，我在一次情急之下，打破坚守了15年的"不准""不可以""No"的自我规范，挑动了正处于反叛期儿子的神经，两母子轰轰烈烈地大吵了一场。

　　儿子的一针见血、针锋相对，显示他对这场争辩的认真，他很在意辩论后的结果，不再像以前只会发小孩子脾气。

　　是关于他要到美国升学。

　　从小到大，我都为儿子提供一个舒适的环境，衣食住行照顾周到，虽不至饭来张口，但也算在半个温室中长大，当中的一份私心，是延迟儿子的独立能力。

　　所以当他八九岁时，知道一些大哥哥大姐姐要离乡别井到外国升学，他的反应是："妈妈，我不要到外国念书，我要留在香港念大学。"当时心中泛起丝丝的成就感。

　　每年暑假，他的同学都去外国入读暑假班进修英文、法文兼旅游，又或纯粹参加外国的兴趣暑期营，儿子就是不肯去。

　　他年纪小小已热爱足球，是英超球队曼联的忠实粉丝，我提议他去英国参加曼联主办的暑期足球营，不单可以增进球技，更有可能碰到他热捧的球星，他都拒绝，他说爱家，他不要出外。

儿子不爱出国留学的信念根深蒂固。

那是一个星期六的早上，他要回学校参加兴趣班，我开车送他，然后去健身，再回去接他。

快到学校时，他突然通知我，高中毕业后，要到美国升学。太突然了，一秒钟将我累积了15年的成就感粉碎，接受不了，冲口而出："不可以！"

对他来说，"不可以"像太空语，自他两岁后，从未听过这三个字出自妈妈口，他瞪着眼睛质问我："为什么？"

实时反应是："你从小到大都说不出外留学。"

"那是我小时候未懂事时说的话，现在我长大了，我知道出外留学有多重要。"

"以你的成绩，在香港也可以升读很好的大学。"

"那不同，为什么你不许我出国？"儿子不服气。

我胡乱找个借口："因为家里没钱。"

儿子知道这话当中，欺骗成分居多，愤而说："我从来未见过这么不负责任的母亲，完全不为自己孩子的前途着想，拒绝孩子的要求。"

我理直气壮地跟他说："你这样说话也太不负责任，爸爸妈妈给你供书教学，生活方面你缺少过什么？到外国念书是你突然提出的要求，每个家庭都有经济上的预算，你知道到外国念书，每年需要花多少钱？我们不是大富人家，每年负担高昂的学费和生活费，需要物质上和心理上的准备，明白吗？"

"作为一个母亲，你就不能给儿子一点安全感吗？"他控诉。

我恢复冷静，还原基本步："你给我三个理由，为何你要去美国升学？"

"因为我要增强竞争力，要学会独立，要增广见闻，认识世界。"他是经过考虑才提出要求的。

"在香港升学也可以做得到。"我坚持。

"香港是小世界，外面的是大世界，不同的。"儿子说。

"妈妈现在回答你关于安全感的问题，要别人给你安全感，是被动，你要做的，是自己给自己安全感，当你准备好，你便有安全感，装备不足便感觉心虚，需要外力辅助，你能给自己安全感的方法是取得好成绩，拿取奖学金，证明你有足够的能力到外国升读大学，爸爸妈妈便没有理由再拒绝你。"

儿子一脸倔强的承诺："我就拿给你看。"

下车后，回想他斥我是个"不负责任的母亲"，心中一阵刺痛，太冤枉了。儿子大概不知道，真正不负责任的母亲，是根本不爱孩子，却毫无预防，贪图片刻欢愉，怀了孕，全无计划，懵懵懂懂把孩子生下来，有钱宁愿用来买衣服、吃喝玩乐，把孩子留在家中活活饿死，这样的新闻，时有刊登在报上；另一种不负责任的母亲，是只顾任意放纵孩子，把他宠成小魔头，霸道、不讲理、叫嚣喧闹、无礼貌、不懂尊重人、无爱心，堪称不负责任之冠。

而我"最不负责任"是未能每日陪他做功课、吃晚饭，和每晚在床畔为他讲故事。

心痛是一回事，但这次历时半小时的争辩叫我醒觉的是，儿子长大了，不再是只管上学、放学、踢足球、打游戏机、享受吃一顿美食、去生日派对的小毛毛头，他已懂得为自己的未来打算，还像他老妈般懂得据理力争。

去哪里升学？

"儿子去哪里升学？念完高中才走吗？他打算念什么科目？"从儿子十一二岁开始，身边的朋友几乎每次聚会，都以此打开话匣子。他们大概不知道，简单的问题，重复地由不同的人问，就会沉淀成花岗岩般沉重的"友群压力（peer pressure）"。

我老实回答："他年纪还小，再看吧。"

接下来便是一番孩子要出国念中学才能考入著名学府的伟论，曲线把不早送孩子出外的父母都说成无知、不负责任、吝啬或是穷鬼，毫不着愧地干涉别人的家事。

在与儿子激烈争辩过去一个月后，一位至亲忽然私下问我："你经济没问题吧？"我开玩笑反问："怎么，想送钱给我吗？"

原来当至亲问儿子，打算去英国还是美国念大学时，儿子告诉至亲，妈妈说家里没钱，吓得至亲来关心，原来不仅是我，连10岁出头的儿子也在承受升学的压力。

不习惯过问或参与别人家事，除非对方主动来征询意见，因知道每个家庭都有自己一套打算，不需向任何人交代。

向儿子讹称家中没钱供他到外国升学，是给所遇到的年轻人吓怕，因而想出这个逼儿子发挥潜能的方法。

在电台任职主持期间，培训过不少年轻人，他们都有"我要做个出色主持""我要做别具一格的创作人""我要成名"的抱负。

经过重重面试和严格筛选，获得取录，有机会一展所长，可以实现理想了，才发觉不能一步登天，要接受技术培训，他们事前没做功课，不知道做传媒，工作时间非常弹性，为了迁就被访嘉宾，可能没机会准时吃午饭或赶赴友人聚会，假期无休，就算下了班或假期都要24小时开启手机，当有突发事件，要随传随到，工作非常机动。

这批对广播怀有抱负的年轻人，面对眼前的事实，开始嫌工时长，埋怨私人时间不足，工作压力大，又不满怀才不遇，入职三个月未有机会做主持等，觉得努力白费，为泄愤，用消极方法作无声抗议，几乎每天上班迟到，缺乏热诚，不惜疏懒，留力不肯交足功课。痛心的是，当中不乏可造之才，有足够条件，成为电台新力军，虽尽力开解、劝喻、鼓励他们，但年轻人都不为所动，后来发觉他们有个共通点：不用养家。

幸运的一代，每月薪金虽然入不敷出，但可以张开手掌问家里要，月薪八九千港元，却有能力花几千港元租房子自住和驾部小汽车代步，今天撞毁了小汽车，明天家人便添部新的，他们缺乏的不是才华，是推动力。

有年轻人告诉我，他们如果遇到工作上、人事上不如意，家人知道后，给他的解决方法是："不开心马上辞职，家里又不需用你的薪金供养"，而不是引导他学习适应，吸取经验，向前人取经。

他们示范了"安心"容易衍生"必然"，"必然"心态蚕食潜能、欲望、理想、渴求、热忱，渐渐堕入懒散的陷阱。

眼看一块块好材料自废武功，警醒我，不可轻易奖赏儿子，他默写得一百分、获老师称赞字体整齐、自动自觉做功课、对人有礼、帮忙做家务等都是应该的，给他最高荣誉，是赞一句"很好"。

奖赏过多，习以为常，变成是为奖而做，没奖便失去推动力。将来踏入社会，谁有工夫凡事颁奖，因而变得懒散起来，如此在竞争激烈的社会，很容易遭到淘汰。

这群被溺爱剪去利爪和翅膀的年轻人，提醒我，要让儿子戒掉"必然"，再播下"责任"的种子，念大学，父母有责任交学费，提供生活费，儿子也有责任证明自己有心有力上大学。父母不是要跟孩子说"你就为了我们念大学吧"，那样他会觉得念大学是为交差，产生两大反效果：或是埋怨被逼念大学，没自由，于是敷衍了事，浪费青春；又或习惯为父母而活，变得没信心、没主见，两者都不是父母所希望见到的。

儿子要到外国升学，首要条件是表现出能力和斗志。

按动"警钟"

报考美国大学，第一关是SAT（美国高考）考取好成绩。香港不少学生，十二三岁开始报读SAT补习班，向SAT 2400满分进发。儿子15岁才发力，有点超龄，加上他就读的国际学校在他读12、13班时转制，改用"国际预科文凭课程"（IB：International Baccalaureate），面对全新的课程，老师和同学都要花很大的力气重新适应学习。

儿子由小学到中学都不需要补习，只需每星期另上三节中文课，因国际学校中文程度有限，所以特地聘请资深中文老师，按照本地学校课程教他中文，包括广东话、普通话、繁体字、简体字，为的是不要闹出中国人不懂中文的荒谬笑话。

面对SAT和IB两场大仗，儿子感觉力有不逮，他记得老妈跟他说："你念的课本妈妈不懂，帮不上忙，但你可以按动警钟求助，妈妈会找人帮你。"

儿子终按动"警钟"，要求去补习社装备自己，以应付SAT和IB，并已做好资料搜集，知道要去哪一家，点名找哪位导师，我陪他经历整个过程，才发现教育是一门大生意。

基于对赴美国升学的手续步骤一知半解，补习社提议我和儿子先上一个"投考美国大学攻略速成班"，只限三个家庭报名，每个家庭只准两名成员出席速成班，历时六个小时，收费6000港元。

速成班在补习社其中一个约3平方米的小课室举行，一正一副两位导师，连同我和儿子，一位女士和一位男士共六人。不得不佩服两位导师都具有做脱口秀的口才，六小时没一分钟冷场，儿子细心聆听，边做笔记，我则静静在赶写当日要交的稿件，儿子不悦，怒目相向，我则半开玩笑跟他说："没办法，妈妈要替你赚学费。"

座上的女士被问为何只有她一人出席时，她说："儿子跟我说，他做任何事都是由我安排，所有决定都是我做主，他根本没选择权，他觉得无需浪费时间来上速成班，派我来，交给我做决定就成，他怎么也不肯来。"难得她这么坦白，她正正反映了事事为孩子做决定的不良效果。

另一位三十出头的先生，一直鼓着腮，样子悻悻然，被问到他孩子打算报考哪家美国大学时，他苦笑："暂时未知。11年后大概会知道。"原来他的女儿只有六岁，太太非常紧张女儿升学问题，女儿未进小学，太太已来报读同一速成班，当时丈夫未有同行，她认定这表示丈夫不关心女儿学业，坚信如果丈夫不上一次速成班打底，夫妻俩难以在女儿升学上达成共识，丈夫为免影响夫妻感情，勉为其难来上课，该位未有露面的太太，充分反映部分家长对孩子的升学问题过分紧张。

教育大生意

速成班令儿子和我清楚知道报考美国大学的时间表和路线图，可以及早做好准备，一方面，根据导师提供的攻略，首要是催谷①SAT的成绩，同时要提升学校各科成绩，最后的决定性因素，是一篇自选题目的文章，文章需因应不同大学的历史、要求、文化背景、选读的学科，度身打造；另一方面，文章亦要足以反映考生的兴趣、才能、性格、理想、信念，难度相当高。

报考文章非常关键性，当考官审核考生毕业试成绩和SAT成绩后，发觉合格人数超过所提供学位，就由这篇文章来决定录取与否，即是说当分数打成平手时，就全靠这篇文章闯关。

儿子的精力要兵分IB、SAT和报考文章三路，当然是要惠顾补习社，为要提升IB和SAT成绩，各科单对单授课收费900～1000港元一小时，视乎学科而定，一点也不便宜。当儿子拿着学费单要我交学费时，我看看价码，跟向来成绩颇佳的儿子说："成绩有大把道理更进一步了。"他笑。

至于学习写报考文章的技巧，就要请教补习社社长，他是一位写报考文章的专家，专门装备莘莘学子赴笈升学。他资格何来，可以权威地做投考大学的明灯？原来是美国的大学收生衍生出来的，这些所谓的专家，大学毕业都取得优异成绩，因而获一些美国大学邀请，成为收生评核委员会会员，属义工性质，但操生杀大权，他们因而熟悉不同大学的收生要求，能为考生设计策略，

---

① 催谷：源自"推毂"，意为提升，加强。

提高命中率。

通常考生都需用半年至一年时间来筹备考大学，主因是投考文章没有范文可循，纯粹反映个人性格、优点和长处，不能抄袭，故需要经过多番的修饰和改进才能达至水平。补习社特别设计了为期一年的贴身课程，由社长亲自出马，提供24小时服务，即使考生凌晨3点完成文章，亦可实时电邮给社长，社长会连夜给他反馈意见，考生再作修改。日复日、月复月的练习，直至考生掌握到技巧为止。社长保证考生考入心仪大学的命中率达九成，收取年费10万港元。

教育化作银码，我唯有以消费者身份问清权利：不成功，不收费？

答案固然是：不。

可以分期逐次付费吗？可以，每小时4000港元，但只限在课堂上给意见，有别于付10万港元套餐价，不限时不限次数。

社长说以他的经验，通常考生需要30小时才能完成文章，以四千港元一小时算，合共12万港元，套餐价10万港元，便宜了。

社长说话动听权威，很会捕捉心理，他对儿子不错的成绩作出严峻批评，句句中的，说到儿子心里去，继而又亮化儿子的长处，并保证在他辅导下，儿子的成绩会全面跃进。

一个十多岁未有社会经验、半温室中长大的年轻人，遇上一流推销员，实时被打动，马上想交学费。

在外人面前，我从不教训儿子，给他一定的尊重，从而他也学会尊重别人，我叫他先上其他科目的课，试试是否适合他再作决定不迟。

其实我心里已决定，此合约绝不能签，10万港元固然不是一个小数目，但最不能接受的是一纸10万港元合约发放的三个坏信息：一是儿子会以为有钱便能把不可能变可能；二是有钱便不用尊重别人的时间，半夜三更随时随地可驱使一个导师服务自己，行为土豪，有违尊师重道精神；三是导致他对金钱有无限的依赖。

当下对补习社有所保留及戒备，却又知道儿子需要他们的助力，因而要保持与补习社关系良好，另外，又要提醒儿子提防工于心计的社长。

离开补习社，在回家路上，我漫不经意地说："社长说话真的很动听，他口才棒，令人很容易相信他，他刚才批评你的成绩和表现，我觉得他很中肯，不过略嫌夸张，之后又吹捧你一下，让你不太难受，是推销员爱用的技巧，目的是为做成一宗生意。我对这类人会分析他说话的目的，不会完全相信他。"儿子静静聆听，慢慢消化。

很快社长便原形毕露。

合 约 教 训

补习社一役，给儿子上了难忘、宝贵的一课，我则花了不少时间，伤了不少脑筋为他解围善后。

补习有显著效果，儿子成绩每科都提升了一级，测验和期考都获老师称赞，他对补习社越加信任。问题终于来了。

一天他离开补习社后致电我："妈妈，我跟社长签了份合约。"

儿子签的正是那份10万港元补习合约，我心中无名火起，因儿子才16岁，任何人要他签合约都属违法，他所签合约也无法律效力，我有足够理由向社长追究，更可告上法庭。但让我进退维谷的是当时快要考大学，要是转一家补习社，儿子要花时间从头适应，太仓促太突然，会大大影响他的心情和表现，补习社就是看中这个死穴，明知我不能也不会向他们问罪，看准时机，要儿子签约。我虽非常不齿于社长的操守，但又不能跟他们伤和气，要想个两全其美的解决方法。

当务之急是先看合约内容，儿子的确签了名，我告诫不知天高地厚的儿子，合约不可乱签，因为签合约不是儿戏，它具法律效力，违约会惹上官非，并指出他未到法定年龄，社长不应在没大人陪同他的情况下要他签合约，千叮万嘱儿子，他快18岁，届时签什么都需负上法律责任，事前要清楚条文、责任及后果，免追悔莫及。

平时要约社长异常困难，但当接到我约他谈关于合约的电话，他即日有时间单独会见我，相信是以为我是赶去确认背书合约及付学费。

我先说明来意："我对教导儿子有个基本原则，是排除儿子以为金钱是万能，任何事情都可以用金钱解决的观念，尤其在儿子还未会赚钱的时候，更不想他有这个想法；另外我不希望他过分依靠别人，他要学懂独立面对考试，而他需要的是一点辅导，这方面我相信你定能帮到他，却不是24小时随传随到，这样做太霸道，影响年轻人对金钱的概念和逻辑思维，所以我建议他采用逐堂收费的模式。"

社长先礼后兵，为我着想地说："以我的经验，这样对你不公平，因为几乎所有同学都需要超过30小时的辅导才能完成那篇文章，到时你付的学费必定超过10万港元。"

"这也公道，你的确付出了心血和时间，我愿意支付。"不是跟他抬杠，是真心的。

社长急了，暗示要发飙："在我们这里从没发生过取消已签了的合约，这是不容许的。"

我和颜悦色地跟他说："社长，你提醒了我，我来之前有征询律师意见，儿子要负什么法律责任，当律师知道儿子只有16岁时，他指儿子不单没有法律责任，相反任何人知道他未足18岁而误导他签约，可能要负上法律责任，我当然知道你不会明知故犯，儿子长得比较高大，说话比较老成，单看外表，很多人都以为他超过18岁。"以退为进，给社长台阶下。

他听明白话中话，一直面容严肃的他，勉强露出笑容，为自己打圆场："他的确长得比同龄孩子高大，勤奋又有礼貌，我很喜欢他，觉得很投缘，为了他，我就破例一次，取消这张合约，不过麻烦你帮个忙，不要让其他家长知道。"

儿子知道事情解决了，才安心下来，我把对话过程复述给他听，解释我和社长保持表面融洽，实质向对方发话施压，让他学懂用协商、调解的方法去解决纠纷，比硬桥硬马更有效。

儿子最高兴的是他可以继续到补习社去，有需要时还可请社长替他修改投考大学文章。

儿子没滥用社长的时间，他事先写了好几篇文章后，说要约社长，我借机会向他灌输金钱概念，要他知道4000港元一小时的学费是什么价值，是相当于一个专业律师的时薪、外籍女佣日夜辛劳一个月的人工，所以他要好好珍惜这一小时，先把疑难问题列出来，不要浪费时间金钱。

没想到，儿子发挥他的小宇宙，竟要求社长按每半小时收费，社长出奇地答应了。儿子就这样半堂半堂地上课，直至文章达至成熟，可作投考大学之用，才合共交了四个小时的学费给社长，即16 000港元。

虽然社长10万港元合约事件几乎令儿子闯祸，我却庆幸此事及早发生，如果在他18岁之后发生，那可麻烦了。

此事令儿子对签约有戒备心，学会对表面和善的人要有戒备心。这未尝不是好事，孩子在成长过程中总会犯错，就像他们学走路时总会跌倒撞伤，那就把他扶起来，教他怎样才不会再跌倒。打骂的唯一功效是让父母发泄心中怒气，对孩子毫无建设性。如果教导了他，他仍犯同样的错，那就得好好了解，他是故意，还是不明白，再加以深责。

报考大学的关键时刻到了。

根据攻略，考生应将预备投考的大学，依难度分成三个等级，最高等级是目标大学，难度最高；然后是心仪大学，以个人成绩应能顺利考入；第三等级是后备大学，难度最低，能轻易考入，万一投考目标大学失手，也不致失学。

对于选择投考大学的名单，儿子说了一句刺痛我心，同时又让我欣慰的话。

"我长大了，会自行处理自己的事，你不用理我，你能帮忙的是用信用卡替我在网上付报名费。"任何母亲听到"你不用理我"的话都会伤心，可却不会因为他的独立自主而欣慰吗？在这个时候我只能相信过去十六年对儿子判断力的训练，他会做出适当的选择。

就这样，我连名字也没签一个，他便报考了7所美国的大学。他所念的国际学校限制他们最多可报考8所大学，何以只报7所，为何不报满限额以防万一？答案："放心，定有一家会收我。"

大学陆续发榜了，传来的是一个个好消息，结果有6所大学录取他，其中两所颁发奖学金给他，他搭着我肩膀说："看，我一直以你为荣，现在你可以以我为荣。"一时间，硬朗的我，哽咽了。

面向国际化

部署入名校

儿子出生时，尚未有"赢在起跑线"的金句。每个家长由孩子出世，便忙着部署子女入读名校，香港名校泛指英文学校，以英文教学为主，当中有政府官校、教会办的私校和津贴学校，入读哪家幼儿园便已为入哪个系统的小学打下了基础，不少家长为求子女入读心仪的名牌小学，在幼儿园阶段已搬到目标小学的校网居住，以争取政府规定住所在校网内，自动可得五分，增加子女入读目标学校的机会。有家长甚至斥资在校网中置业，买不起房子的，挨贵租也要搬到校网去，父母子女均承受巨大压力。也有取巧父母，借住在校网亲友的地址充当自己的住址，那时候，天天都传来父母出奇招的故事。

我也为儿子锁定一家属基督教会的幼儿园暨小学H，为求未来可直升同系统中学。为了能成功考进该基督教名校的幼儿园，我们开始装备儿子，教他学会26个英文字母、分辨不同颜色，并能用简单英语说出自己的名字、出生日期、住址等。

花了三千多港元，买了套品牌短裤小西装给儿子穿去面试。面试的早上，替他温习一次应对，再三给他做心理准备，告诉他幼儿园的外籍校长，会带他入校长室与他单独倾谈，他要保持礼貌，必须讲"早安""你好""谢谢""再见"等，并详细回答校长每一条问题。他点着大头表示明白。

到了校长室门外的等候室，有另一妈妈带儿子来面试，小男生紧张害怕得哭起来，那位妈妈压低嗓音哄他："别哭，一会儿乖乖面试，之后妈妈带你去吃雪糕。"小男生进去15分钟后，垂头丧气出来，他妈妈紧张地扑上前问他有没有回答问题，小男生摇摇头，妈妈几乎当场发作，但按捺着。

轮到儿子了，校长室门关上，我坐在外头，心情七上八落，比自己准备出秀紧张百倍，15分钟犹如15年，应也谋杀了15吨细胞。

儿子拉着校长的手蹦蹦跳跳走出来，校长笑容满面，把儿子交给我，步出了等候室，问儿子情况，他说校长给他看一张有关海洋的画，问他画中的不同颜色，他都答了，在开始面试前他跟校长讲"早安"，离开时说了"谢谢，再见"。

我跟他走出H校门，刚才那对母子正在等车，那位妈妈不断呵斥自己儿子责他胆小，怪他在重要时刻哭了出来，越讲怒火越旺，竟忍不住一巴掌掴到小男生脸上，小脸蛋留下绯红掌印，小男生哇哇大哭，儿子吓得呆住，小手紧握着我的手，我立即安慰他："无论发生什么事，妈妈也不会这样对你。"

发榜了，遍寻那张印有几十个名字的A4纸金榜，找不到儿子的名字，他没考上。

每个妈妈都认为自己的子女，是世上最可爱、最聪明的，实在接受不了他考不上的残酷，究竟哪个环节出错？事前已做足功课，查问面试时该穿什么衣服比较讨好，知道学校偏向录取穿短裤、打扮英式的考生，不是已经做到了吗？要有什么条件的孩子才考得上？

新学期开始，一连几天站在H校门外观察，发觉所有学生都有一个共通点：皮肤晒得黝黑，剪平头，精神奕奕如运动员。

反观儿子，他圆嘟嘟的脸像个结实大苹果，白里透红，小书生般，与学校喜欢的运动型恰恰相反。输得有理，决定翌年卷土重来，并第一时间替他请了位游泳教练，教他泳术，又经常带他去户外活动，让他暴露在阳光下，晒得一身健康棕色皮肤。

抢 学 位

第二度打击，接踵而来。

怀孕四个月时，好友张天爱替我在她女儿入读的国际学校S拿了报名表，她说为表诚意，我应在怀孕期间就递交报名表，这样会大大增加S校录取的机会。

当时仍未知腹中胎儿性别，未有名字，只有预产日期，正在犹疑，张天爱催促指历年来家长都这样做，学校早已见怪不怪，在自己也觉得有点滑稽的情况下交了报名表，完全反映出家长渴望子女考入名校的心态。

儿子出生后约三个月，S国际学校职员来电，查询胎儿性别、出生年月日及名字，学校要建立计算机档案，补填资料。跟职员闲聊："我应是这年度第一个报名的人？"职员回复："根据计算机档案，你应是第四位。"张天爱所言非虚，有人是刚知道怀孕便去报名。

儿子报读的是四岁预备班，面试时他三岁多，已可百分百英语对答。

S校面试当天对我来说，是个大考验，考生被编成四个一组，老师带我们和另外三个考生及家长到一个大教室，教室四个角落有不同布置，一边放了厨房模型，一边是滑梯之类，任由考生选择去哪个角落玩耍，家长被安排坐在教室另一端，填写一份长达3页的问卷，由孩子出生第一天开始，问他什么时候戒奶，几时开始学会翻身、走路、说话，还有每天便便几次、几时戒尿片等孩子日常生活习惯，巨细弥遗。

自儿子出生后，我无间断工作，虽然保姆依照我的指示，每天记录儿子起床、小睡、大小便时间次数、几点钟喝多少盎司奶、什么钟点吃水果茸和磨牙饼干等、分量若干，每晚放工回去翻看记录，监察一切，确定没有错漏，却如水过鸭背，怎会牢记？于是半猜半知地填写问卷，然后老师带领一批考生玩游戏，给他们指令，儿子反应快又合作，表现合群，应没问题吧？

离开时，外面又来了大批考生等候面试，结果在接近两千个考生中，儿子成为大多数不被录取的一员，没考上S校。

心里失望，却没将失望的负面情绪转嫁给儿子，知道他已尽全力，非战之罪，也不想让仅两次失败，造成他对考学校的恐惧和抗拒，来日方长，他日后还

五岁学打高球。

五岁学溜冰初级证书。

有很多面试要应付，何必为已成过去又无可改变的事实，给他制造心理障碍呢？

不是阿Q，其实两度失败都很有建设性，提醒了我，要审视自己部署不足及太自信的问题。

幸好儿子考入了另一家著名的F幼儿园，与同学老师都相处得很好，我则开始为两年后投考著名D小学做部署，定下策略。

D名校派发报名表格，深怕拿不到，派女佣凌晨三点带备折叠椅、热咖啡、曲奇饼及保暖衣物去排队。抵达学校门外，已有11人在排队，女佣排第12位，排龙头的女佣，凌晨12时便来排队。

报名表格20港元一份，要了两份，因有过来人提点，填写报名表是第一印象分，不可以写错用涂改液更正，会扣分的，宁信其有，除了拿两份报名表外，还多影印两份，做模拟填写。

D名校对填写报名表格有严格规定，附有两大页详细指引，就连回邮信封也图文并茂规定格式，小心翼翼在影印本上填写模拟两次，才正式填报名表格，由于太紧张，竟出错，就只剩一份正本，加倍小心、聚精会神填写孤本，填妥后，感觉胃部疼痛，双肩紧绷，过度紧张的生理反应，后来另一母亲告诉我她也有同样反应。不过是替孩子报名读书，为何要这样折腾家长？

到了交回报名表格的日子，D名校规定上午交表，时段正是所主持电台节目的直播时间，于是拜托丈夫去交表，丈夫认为小题大做，派女佣去就可以了，我坚持让他亲自去，以便随机应付任何突发状况。丈夫体谅苦心，勉为其难走一趟。我把表格、回邮信封及所需文件，用强力"万纸夹"纸夹夹着，放入密封的透明硬料塑胶文件夹内。万纸夹作用是外观上更整洁，亦为防文件拿出来时，体积较小的文件如回邮信封会掉到地上弄脏；用密封文件夹是慎防有文件跌出遗漏；硬料，防文件遭挤皱了；塑胶夹，防水，万一下雨或倒翻水杯，也不怕弄湿申请表，总言之，每个小节都不容有失，显得神经兮兮，事后丈夫却称我有先见之明。

丈夫抵达D名校，门外已大排长龙，90%是外籍女佣，三五成群跟排在前后的乡里聊天，吱吱喳喳。排在丈夫面前不远的女佣，聊得不亦乐乎，得意忘形，申请表格从开口的文件夹滑出跌落地上，她身后的同乡没察觉，一脚踩在申请表上，鞋底清楚印在申请表上，女佣发现已太迟，她慌忙拾起表格，试图用手帕抹鞋印，没用，她照交，她的雇主当然不会知道，子女考不上，有可能是栽在交表一环上。

各 出 奇 谋

为保不失，家长都渔翁撒网，我也一方面报D名校，另一方面又报R男校。

R男校是著名天主教会学校，一位女友原来是R男校的家长教师会主席，有点影响力，校务处职员对她毕恭毕敬，她引荐我见校长神父，更请了位学校引以为荣的旧校友，德高望重的立法会议员替儿子写推荐信。

经过排期预约，校长神父终于有时间接见我们，家教会主席陪我同往。小小的接见室很朴实，大书架上放满一个个约10厘米厚的活页资料夹。

向神父说出儿子的出生年份及姓氏，他从多个写上跟儿子同一出生年份的资料夹中抽出一个，一份一份报名表地翻，不少报名表都附有大叠考生照片和信

毛毛头四岁穿上整
齐西装，出发投考
幼儿园。

件，都是家长定期寄给神父的信，主要是报告考生游泳比赛获奖、正在学画画、钢琴升级试成功过关等"成就"，不遗余力加深神父对考生印象。

神父见怪不怪，像我这样求见的家长多不胜数，若非给女友面子，神父不会愿意接见。他习以为常解说学校招生数目受政府限制等，潜台词是"无需来见我，一切依规定及看考生表现而定"。

离开学校时，路过小食部，见到不少妈妈伏在台上小睡，问朋友她们为何在此，原来她们是担心，念全日制课程的儿子放午饭时，只顾玩耍忘记吃自携的午饭，又担心早上带回校的盒饭冷了，吃了影响健康，所以亲自带午饭来喂饱儿子，怕迟到，宁愿早到等候。

朋友又告诉我很多母亲的伟大行径，根据收生规定，如果父或母在该校任职，不论是做校长、教师或校工、清洁工，子女报名可获加15分，有母亲放弃年薪过百万的银行高位，到学校来当文员，儿子顺利考入，仍不放弃，以便近身照顾儿子。

又有家长知道校长神父疼爱学生，每逢放学，必站在校门外，目送每个学生安全上校车、保姆车或由家长接走，才放心返回办公室，有母亲就每天放学，站在校门外一个不起眼、但神父必定察觉到她的位置，低调站着，风雨不改，就算挂三号风球，横风横雨，她也打着伞痴痴地站着，站了一个多月，神父忍不住问她为何天天来站，她说太喜欢R男校了，希望儿子可以入读，后来其子被录取了，是否与她持之以恒地站校门有关，则无从稽考。

有名人得知R男校是由某籍贯同乡会资助的，故某籍贯考生会获优先录取，为儿子报名时连籍贯也改了，籍贯不同国籍，难以求证，但因是名人，终被神父揭发虚报籍贯。幸神父没怪罪他们儿子，赶他离校，却召了名人夫妇来教训一顿，晓以大义。名人夫妇是企业主席，万人之上，但面对神父责备训话，只一味道歉，不敢回话半句。

为了子女入读名校，家长面对种种劳役，令我对本地学校起了抗拒心，为何要这样虐待父母和孩子？

"土地" 也错

儿子念幼儿园高班，一次做中文配词功课，在 "地" 字前填上"土"字，"土地"，老师打×，扣了他分数。究竟错在哪里？我特地到幼儿园去接他放学，目的是向教中文的班主任询问，"土"配"地"为何错？

班主任理直气壮："我们这个星期教了'草地'，填词当然要填上老师最新教的'草地'。"那"土地"错在哪里？"他应填上最新学会的词语。"

太强词夺理，那将来学会了 "见地" "心地" "福地" "农地" "耕地" "硬地" "石地" "泥地" "沙地"，是否代表从前学的 "？" 地就是错的？错不在老师，错在死板因循教育的制度。

儿子是个极度守规矩的孩子，出街必定要穿上鞋袜，否则不会出门，从不肯穿露趾凉鞋或人字拖鞋出街，四岁生日，带他出外晚餐庆祝，保姆替他穿上西装短裤套装，他说："这样穿太荒谬了（That's ridiculous），我是出去吃晚餐，怎么可能穿短裤？"保姆失笑，替他换上长裤，穿上小皮鞋才能安抚他。

一个守规矩的孩子，加上写生字笔画不准碰到格子线框的呆板教育，怎会有天马行空的思维、大胆创新的意念、具不怕失败的胆色，及我与丈夫都非常重视的快乐童年？唯一方法是向本地教育制度说"不"。

在当年尚未盛行报读国际学校时，我带儿子去报名，过程友善、轻松、简单，校务处无通宵排队取报名表的人龙，随意走进去，要了报名表格，职员称可以实时填写，实时递交，可是我没带儿子的照片和出生证明，怎么办？职员和善地说可随时经过补回，我花了十分钟填妥报名表，不用事先模拟试填，没紧张得颈肩胃齐痛。

面试由外籍女校长亲自进行，时为暑假，本来与儿子一起面试的共有七个考生，就只有我带着儿子准时现身，缺席的考生如最终没去面试，三个月后他们准会后悔不已。

校长拿出一大盘迷你版动物公仔，让儿子逐个说出动物名字，儿子自小喜欢动物，我们带他出外旅行都首选有动物园的城市，校长又跟他聊天气，儿子说最爱冬天，他喜欢下雪，校长慨叹香港不会下雪，恐儿子没机会玩雪，儿子直率地说在加拿大和日本玩过雪了。

我在面试室另一端看儿子面试，他像跟一个投契的新朋友在倾谈和玩游戏，自然、真挚、流畅，30分钟过去，校长把他带到我面前，和蔼地说："很欢迎他加入我们学校，有没有问题？"

我正想爽快答：谢谢，没有问题。儿子却把大头抬得高高地看着身形高大的校长，说："我有一个问题。"吓得我的心脏几乎从口中跳出来，校长面带欣喜地问他："什么呢？亲爱的。"大头放眼校园，天真烂漫问："你们的滑梯放在哪里了？"校长微笑道："在这里你不再需要滑梯，你可以打球、跟同学赛跑，可以吗？"校长遥指着偌大的球场说，儿子满意地点点大头："这还不错。"

本地还是国际？

儿子五岁，入读该国际学校。

时为1999年，香港回归后两年，教育制度开始翻天覆地，变来变去，家长对本地学校失去信心，有朋友把念中学的子女急急送到外地去留学，子女念幼儿园或小学的家长，纷纷送子女进国际学校，儿子入读的国际学校，门外天天泊满不少名车，校务处挤满了穿名牌的太太替子女抢报名表，据说高峰期等候名单有三千多人。

本地学校并非一无是处，很多家长问我，他们应把子女送入本地学校还是国际学校，我的答案是，首要考虑家中的语言环境，如果家中无人懂英文，子女在学校以讲写英文为主，会造成三大问题：一是子女在功课上，尤其在幼儿园和小学阶段，有需要帮助的时候，父母帮不了，除非长期请补习老师；二是子女在学习上会比其他同学慢，因家庭缺乏英语环境，在家除少有机会练习英语外，所接触的电视节目、书报等都非英文，英文程度难以赶得上，学业成绩会稍逊，打击子女自信心，自信是立身处世的瑰宝，绝不可以失去；三是当子女完全融入国际学校社群，与父母之间会筑起无形的文化差异铜墙，子女会觉得难与父母沟通，父母亦然，是否值得？

另外要考虑子女的性格，选择国际或本地学校，是项平衡子女性格的工程，如子女像我儿，天生性格传统，非常守规矩，为免他长大后一成不变、过分保守拘谨、不懂变通、墨守成规、从单一角度看事物，很易变成一个下雨天没伞不出外、没球鞋不打球的呆子可选择送进校纲更为自由的国际学校。

相反，性格反叛、喜欢破坏规矩、鬼主意多多的子女比较适合送到本地学校去管教，克制一下野马性格。

儿子进了国际学校，正式开始读书工程，功德未算圆满。作为香港人，在华洋荟萃的地方，两文三语流利、繁体简体字通晓是基本需要，没理由明明一张黄面孔，母语是中文，讲的写的却都是英文，太讽刺太失礼了。为此我们特聘一位在职的中文老师，依足本地学校中文课程替他一星期上三节课，还请普通话老师每周上一节普通话课及学简体字。儿子除了要应付学校功课，还要完成严厉的补习老师给的功课、默书和考试，我的愿望是他能看懂中文报纸和我至爱的金庸武侠小说。

我则尚有心结未解开，就是证明以儿子的实力，足以跻身本地名校。

收到本地D名校的面试通知后，决定带儿子应试，朋友认为我无需多此一举，因为儿子已入读师资、环境都是五星的国际学校，要是D名校取录他，岂不要做鱼与熊掌的艰难决定？不难，我有言在先，就算儿子侥幸考进D名校，也一定不转校。

我既明言让儿子念国际学校，是向本地教育做出抗议，如儿子被本地学校拒收，抗议会被视为"因为考不上便美其名为抗议"，要把话说得响亮，就要考进去，然后拒绝入读。

以此身教儿子，口讲无凭，行动才是最有力的证明。

带着儿子，穿着整齐的西装去应试，途中儿子讲出心声，说他不要念D名校。

估计面试时老师会问"喜欢我们学校吗？为什么？"若然考生表示不喜欢，肯定会被拒之门外，要想个办法令儿子说喜欢，我先给他吃定心丸："妈妈知道的，所以不会让你入读D校。"

那段期间，儿子最爱跟我玩保守秘密的游戏，就借游戏来包装一个白色谎言："待会儿你还可以跟老师玩一个游戏，当老师问你是否喜欢他们的学校，你答喜欢，为什么喜欢？是因为你每个星期天都在学校旁的教堂上主日课，不要让老师知道我们约定不会来念书的秘密，你说好玩吗？"

根据面试通知书上的指定时间，准时带儿子到D名校，门外挤满家长和孩子，学校未打开大闸，也无人在场维持秩序或给家长排队轮候指引，大家争先恐后，乱作一团，犹如一群难民争入难民营，给我印象很坏，校方完全没顾及孩子的安全和家长的尊严。

人群中见一相熟朋友和太太带儿子来面试，校门前的一片混乱，激发他的见义勇为，他猛力拍打闸门，命职员让他进入校务处，责校方安排失当，他太太苦笑说他们儿子肯定不会被录取，朋友怒气未消，声明就算学校收儿子，他也坚拒儿子入读。

　　面试第一关，先向校长报到，站在他后面的几名职员，按通知书上号码，从几个大箱子中，抽出考生的报名表格，校长没给我们一个正眼，拿着红笔，双眼盯着报名表格，没头没脑地问："一个还是两个？"我看看自己和儿子答："两个。"校长马上抬起头，板着脸问："爸爸呢？""他没来。"换来不屑的语气："即是一个！"并在报名表上用红笔写上"1"字，儿子便被带到课室去面试，我和一众家长站在学校路边等候。

　　"即是一个！"一个小孩考学校，要父母告假不上班陪同面试，花上两个成年人的工作生产力，就是要给校方一个表面、肤浅的好父母形象。

　　很多学校有个潜规则，认为爸爸和妈妈肯花时间陪孩子来面试，即是父母紧张子女学业，会增加录取机会，哪管原来父母实际上扮演关心子女，也不管父亲不来是为赚钱养家，在商业竞争激烈、老板精打细算的社会，要求父母陪同子女面试，完全不接地气，不食人间烟火。

　　从另一个角度看，这也是歧视单亲家庭的表现，认定只有父或母的家庭，子女的父爱或母爱失衡，会影响子女学业，实在欠公平，不是应有教无类吗？

　　约半小时后，儿子兴高采烈地从校门跑出来，扑到我面前如得到最盼望的生日礼物般说："妈妈妈妈，老师真的问我是否喜欢这所学校，我守住我们的秘密，说喜欢，告诉他每逢星期天早上我都来这里的教堂上主日学。"轻抚大头，嘱他："从现在开始可以忘记这个秘密了。"

　　从其他家长处得知，那年有超过2000名考生，学校仅收110多名新生。

毛毛头考进著名小学，在校门外的录取榜上，找到
毛毛头名字，流下泪来。

过了一段日子，朋友来电报喜讯：你儿子被D名校录取了。

我从电台下班，马上赶到D名校。拒人于千里的大门外，贴出一张普通包了透明胶的白纸，上面有110多个名字，对我来说却是状元榜，快速扫描，看到了，儿子的名字就在上面，我竟呆在当儿，脑袋空白，忽然手背感到湿润，已不期然掉下眼泪来：儿子达标了。

喜极而泣，一个人站在烈日下流泪，好一会儿，才回过神来，拿出随身相机拍下录取状，便马上到校务处交下两个月学费作留位费，合共56港元。

回到家里淡然跟儿子说D名校收了他，他的反应是意料中事："我不要去念。"不会失信于儿子，食言会种下恶果，失去诚信，日后儿子会变得难教，所以没让他去D名校上过一天课，至今亦未取回56港元留位费，仅把收据妥善保存以作留念。

面向国际化

儿子入读的国际学校，师生超过九成是外国人，他完全融入英语世界和外国文化，除了每星期八九个小时的中文补习，以及跟我和丈夫用中文沟通，他极少机会接触中文。

为令他保持对中文的兴趣，特地带他去看周星驰的喜剧，他是足球迷，尤其喜欢《少林足球》，却只管用周星驰的英文名Steven Chow称呼他。一天，他很随意地跟我说："妈妈，看哪一天你有空，请Steven Chow来我们家吃顿饭。"不禁失笑，他对明星没概念，觉得谁亲切，便请他来吃顿饭，因为我们家常有艺人朋友来晚饭聚会。

我也曾带他去看刘德华演唱会，他对舞台效果很感兴趣，因而牢记着Andy Lau的名字。

为令他熟悉香港娱乐世界，我与他一起去看音乐颁奖礼，他喜欢听得奖歌手的致谢感言，但因不熟识他们和他们的歌，难以投入，不愿意再做座上客。

他知道我跟很多艺人有联络，他却从不追星，从未要求要去任何演唱会，或想见任何艺人。家里购齐所有周刊，不论封面有多煽情多吸引眼球、消息有多轰动，他从来不会翻阅，压根儿提不起兴趣。在他面前，我从不讲娱乐圈的事，母子俩要聊的话题多着呢。

儿子给自己定下规矩，不会向不懂英文的人讲英语，对不懂中文的人讲中文，认为这是不礼貌行为，但中文程度始终有限。农历年带他回娘家拜年，车上，他必问如何用中文祝外公外婆身体健康、龙马精神、财源广进、笑口常开。

他的外籍同学来我们家聚会，我用广东话跟他交谈，不过是嘱他好好招呼同学及交代家中预备了什么食物供他们吃，儿子会私下"教训"我："妈妈，你知道在别人面前讲他们不懂的语言是很没礼貌的，会被误会我和你之间有什么秘密要隐藏，尤其你能说流利英语而你不说，那是很坏的事。"

同样的说话，小时候曾跟家父家母说过，轮到自己做妈妈却忘记了，难道人生轨迹到了某个阶段，便会跌入同一个模式？

国际学校没有特别开一个课程教学生社交礼仪，全凭通过日常校园生活、师生共处，教会他们一些社交潜规则。

在公众场合，只要我稍微高声说话，儿子就会提醒我，要把声音降低，勿对旁人造成骚扰。

此外，儿子对于知识产权亦非常尊重。他小学的时候，正值日本动画"Pokémon（精灵宝可梦）"崛起，整个系列共有一百多个动画人物，大受小朋友欢迎，头脑灵活的商人乘势推出迷你版公仔及一系列闪卡。

儿子是"精灵宝可梦"迷，不集邮，改集"精灵宝可梦"迷你版公仔和闪卡，由于十分抢手，翻版闪卡乘机相继出现，用一张正版的价钱可买20张A货，太吸引了，反正小朋友收集一堆闪卡不过是赶潮流，很快便会当作废纸，为了节俭，我用非常低廉的价钱买了几十张A货闪卡给儿子。

他未拿上手，远看纸质和印刷便知是A货，还未满10岁的他一本正经地教导妈妈："老师说盗版是犯法行为，我们不应买盗版产品，如果我们买盗版，很快正版就会倒闭，我们再买不到好的产品，不会再有新发明、好电影和好歌，我宁愿没有也不要盗版闪卡。"

宁缺毋滥，言出必行，他将A货束之高阁，正眼也不看，唯有偶尔送他一张原装正版闪卡，他会珍而重之放入闪卡收藏册中。

眼珠子掉了下来

念小学二年级，儿子放学回家吃点心，跟他闲聊，问他学校当天有没有特别事情发生，他闲闲地说："没什么，只是汤姆的眼珠子掉了出来，我们替他拾回，他在饮水机洗了洗，放回去了，但没消毒，我担心会有细菌。"

我不太相信自己的耳朵，又不想显得大惊小怪，问："是不是妈妈听错了？你是说汤姆的眼球吗？"

"是，他的眼球不知为什么老是掉下来，可能要换一颗大一点的。"儿子就像在说汤姆的校服衬衣，需要换大一点般轻松平常。

我细问汤姆的眼球掉下来的原因，儿子理所当然地说："他的左眼失去了眼球，医生替他放了一个假的上去，很真的，看起来跟我们没分别，但没实际用途，他左眼仍是看不到东西。"

同学对于汤姆瞎了一只眼睛，很接受，不会歧视或取笑他，跟他相处与其他同学无异，他的眼球随时掉下来，不会把他看成怪物，大家就只管替他拾回眼球，像拾回一个乒乓球，无惊恐尖叫，也不当作一回事。

另一小学同学若翰生日，在自己家大厦的花园开生日派对，陪儿子前往，一班同学都到了，唯独不见若翰，我又借此机会教导儿子准时的重要性，作为主人家也迟到，太不礼貌，令客人感觉不被尊重，儿子代为解释："若翰向来比较慢，他们一班同学都理解，所以不会介意。"

看到若翰拖着妈妈的手，一脸真稚笑容迎面走过来，我感到十分惭愧，想马上收回刚才的评语，原来若翰是唐氏综合征患者，同学们并没有给他贴上"迟钝、智商低"的标签，而是完全接受他是"比较慢"，不会觉得他异于常人，若翰跟同学们相处融洽，大家没有特别迁就他、呵护他，他玩游戏输了同样要受罚。

在旁看着，赞赏学校实行人性化的融合教育（Integrated Education），在每班录取两三位智商有问题或身体残障的同学，贯彻一视同仁、伤健一家精神，小朋友自幼从现实生活中学懂普世价值：人人平等。学校和家长无需特别严训孩子不要歧视残障人士，有时在街上会听到大人阻止子女，用好奇眼光看瞎了眼、四肢不全、兔唇、唐氏综合征人士，又或当众跟子女说："你不应这样盯着人家，他会很尴尬，他已经很不幸，我们应同情他们，帮助他们。" 以为这叫家教，其实好心做坏事，在伤口撒盐，要教应早在家里教了。

春风化雨，国际学校不单教学问，也教普世价值、正确观念，用的不是书本和考试，而是在日常生活中潜移默化，把这些观念输入孩子血液中。

曾就此题目，在香港报章专栏，狠批本地学校拒收残障及低智商学童的残酷现象，认为教育局有责任推动。

文章见报后，当时的教育局副局长特地约我茶聚，解释原来教育局一直鼓励敦促本地学校，收取少数残障及低智商学童，但校方坚拒，理直气壮："此做法会导致学校被标签为'特殊学校'，连累其他正常学生被视作'特殊'，引来家长群起投诉，损害学校声誉，影响收生率。"

又或以老师人手紧，校务繁重，腾不出人手特别照顾身体或智商有问题的学童，又辩称资源短缺、设施不足，拒收。

教育局愿意增加拨款，资助学校为这批学童增聘人手及设施，学校迫不得已答允，附带条件是只收哑童入读，因为他们不会制造噪音滋扰其他人，容易看管。

太讽刺了，完全违背教育精神，听得人无名火起，香港鼓励"融合教育"，将残障儿童安排入读普通学校，但因完全基于信任机制，法律无明文规定学校，有义务和责任取录残障儿童，在法治社会，教育局变成无牙老虎，有心无力，一切要依赖学校的社会良心和责任。

香港成立的平等机会委员会，设有《残疾歧视条例》，对学校方面形同虚设，是哪方面失职？

没做过详细调查，不知道除了儿子念的国际学校系统当中的二十多间学校外，其他国际学校是否同样有实施融合教育的德政。

学 好 中 文

跟本地学校一样，国际学校也有贵族和平民之别，替儿子选读的并非贵族国际学校，而是主要供跨国公司驻港工作的高层子女入读，家长都是上班族，比较踏实，不会炫耀名车，不会斗行头，不会包下酒店宴会厅为年幼子女庆祝生日。

儿子小学同学生日会，是在家中请几位好同学开茶会庆祝，吃的是家常小食，如吐司上撒上彩色碎糖、凤梨夹小香肠等，为增趣味，有时会定下庆生主题及自制主题道具，例如其中一位英籍同学以武士作为生日会主题，父母便用运载水果的纸通盒，与他共同手制多面盾牌和剑分发给出席的同学来扮演武士，又收集大量纸通盒用来砌城堡，尺寸足够约一米高的他们钻进去。具创意，废物利用，十分环保，就是要儿子在这种不浮夸、充满童真、简单踏实的环境中长大。

得了鱼，马上来了熊掌的问题。英文对于孩子来说太容易了，认得26个英文字母，学会拼音，上网查字，什么生字都会念、会解，相比靠死记的中文字形和读音，孩子当然舍难取易，爱学英文，抗拒中文。

为令儿子知道学好中文有多重要，他11岁的暑假，特地带他到上海、杭州、青岛、大连等地游历两星期，当地人都用普通话沟通，儿子害羞，怕被取笑普通话发音不正确，不肯开腔运用他学习多年的普通话，于是狠下心嘱他如要吃什么、买什么，自己用普通话去跟服务员说，声明妈妈不会从旁帮他，他唯有硬着头皮开始讲普通话，越说越像样。

告诉他，内地有不少英文水平很高的人，但平日在街上迷了路，用普通话问路会比用英文方便，经此旅程，他明白学好普通话的必要性，不再抗拒学习。耳闻目睹事实，胜过苦口婆心、千言万语、威逼利诱。

国际学校视英文为拥有不同国籍同学的母语，升初中后，同学们必须选读一种外语作为第二语言（second language），选择包括中文、德文、西班牙文和法文，儿子选了法文，理由是想多学一种语言，也因不少同学选读法文或西班牙文。

我念大学时，主修英国文学，副修法文，知道重新学习一种语言，不论语言天分有多高，也要花很多时间和精力，踏入中学，正是莘莘学子奔向大学之门的起跑线，七年的中学生涯，对于将来投考大学有决定性影响，在重要关头，要诀是舍难取易，建议他应选中文为第二语言。

中国人选中文作为第二语言，听起来很滑稽，儿子抗拒，认为他已经懂中文，应该再学一种新的语言。

坦白向儿子分析形势，清楚说明他必须在五年后的中学会考中取得优良的成绩，才可扣著名学府的门，如果取得高的平均分会有优势，亦即是说每一科都需要获取好成绩，选中文为第二语言，最高评分的A便成囊中物，可省下精力时间去应付其他科目。相反，如果他念法文，会占据他不少脑汁和时间，难以集中火力在其他科目上，除非打算将来念法文，便作别论，否则可在毕业后再进修法文，而且以我为例，法文考取高分数，会写会讲，在现实生活中，完全用不上。

良好意愿是不要儿子兜圈走冤枉路，却不能强迫他走我认为适合他的路。自他有判断力开始，我和丈夫的角色已转为他的人生顾问，为他做分析而不是决定，列明事情的后果好坏利弊。如他要做一个非我们认为最好的决定，强横反对，很容易压迫出反叛情绪，效果负面，但不表示我会放弃，我会用不同的方法给他真凭实据，支持我的观点，如他仍坚持自己的决定，我会尊重，毕竟那是他的人生。

结果，儿子选了中文作为第二语言，在中学会考取得A*[①]成绩。

这个A*不单是中文科的成绩，也是他学会不受友侪辈影响，会因应自己的处境，独立思考，明白最终目标是什么，做出最适当的决定。

我当周刊总编辑及做电台节目主持，共事的记者、组员、主持练习生都是年轻人，不少是因对传媒工作存在"好玩"的幻想，才加入周刊或电台，而非抱着要做个出色记者或主持为目标，通常这类年轻人工作表现平平，欠缺一团火，遇上好材料，会恨铁不成钢，忍不住规劝他们不要浪费青春和时间，给他们定下目标，他们都会有突飞猛进的好成绩，让我深深体会"目标导向"的重要性。

儿子升大三的暑假，我到美国去探望他，他已离家两年，跟我聊天沟通、甚至火爆争执都是用广东话，见我带了中文书，他要求我留下给他闲时阅读，以保持中文水平，又叫我多寄中文书给他做课外读物，当然一一照办，心里在笑。

---

① A*：指香港中学会考中国语文科最高等级的成绩。

独立大学生

由"说不"到大学

为迎接儿子出生，事先做好准备，看了很多育儿专家的书，了解幼儿的身心发展和行为变化，其中有儿童心理学专家指出，孩童约两岁便踏入"No Period"（说"不"期），不论大人跟他说什么，他的反应都是"不要""不肯""不服从"，从不会点头答应，只会摇头说"不"。我主观认为，可以用诱导方法，改变这个自然规律，决定做个实验。

当儿子一岁多时，发现他开始进入"说不期"，我和丈夫便约定，在问儿子任何问题前，都经过设计，要儿子无可避免地必定要答"好""是""我要"。

问他要不要饮奶？他嘴里说"不"，小手却伸过来拿奶瓶。要不要买新玩具？要不要去公园？吃水果吗？一概答"不不不"，实际上他是"要要要"。挑战自然定律彻底失败。

实验告诉我，孩子在成长过程中，有些行为是必然出现的，做父母要理解及做好心理准备。

幸而有了这个经验，打好心理基础，当儿子坚持要到外国升学时，不会自责未能为他打造一个他舍不得离开的家，而是报以一个会心微笑，告诉自己，自然定律又发挥威力，当孩子到了独立自主阶段，是挡不住、阻不了的。

事实是，由儿子出生那天开始，已在部署如何令他不肯、也不舍得离家到外国念书，最理想是在香港完成大学课程，毕业后才去外国深造，然后留港工作。所以尽能力给他一个舒适的环境，在无忧的心态下成长，衣食住行照顾周到，赋予他很大的自由度，家不单是他的安乐窝，也是他的同学们喜欢来聚会的地方。为他们烹调美食，有时候我和丈夫会领军带他们去吃北京烤鸭、日本料理、自助餐，嘻哈尽兴一个晚上，与他的同学打成一片，毫无代沟。

全方位顾及儿子的需要和喜好，就是培养"在家千日好"的感觉。在香港念书跟在外国一样自由、独立，结果他还是要到外国升学，既然他有这个志向，作为父母，当然支持，也不觉十多年的部署白费。因为给孩子一个温暖的家和快乐童年是父母应做的事，尽了努力不一定会得到预期的效果，何况儿子是个独立个体，需尊重他正确的选择。

为令他对在美国念书的情况有更透彻的理解，在他正式报考美国大学前的暑假，特地跟他到纽约和加州去参观他准备报考的大学，我怀着的奢侈愿望，是他在旅程中，能体验到"出外半朝难"，回心转意留港升学。

出发前他已做好功课，清楚知道各大学的开放日，并在网上报名参观校园及学校简介讲座，投入程度反映：他不会改变初衷。

他报考的七所美国大学，陆陆续续发榜了，他每收到一封录取他的信，都发短信给正在电台工作的我，我心里虽高兴，表面则保持平静，每次给他的回复都是："恭喜你，做得好！（Congratulations! Well done!）"回家看一遍学校寄来的录取通知信，拥抱儿子一下做鼓励，然后将信存档，没有四处致电亲友报喜，不喜形于色，一方面是不想儿子觉得自满，另一方面是对他有信心的表现，暗喻早知你会考上。

儿子对于妈妈装酷的反应，经多年训练已习以为常，直至他心仪的大学寄来录取信，他短信我，我给他同样的回复，他再短信我："你不高兴么？"答他："妈妈很高兴。"他马上又短信："你的反应告诉我你不是太高兴。"明白了，他在投诉。

我马上回复他："妈妈在工作，才简短回复你，其实内心很兴奋，很以你为荣。"他提出要求："那你跟我庆祝。"答应他当晚去吃日本料理，为加强庆祝气氛，叫儿子邀请几位好同学一起吃饭，因为即兴，只有三位男同学有空，四个大男孩约定穿上整齐西装赴会。我提醒儿子我们去的是街坊小店，衣着可以随意一点，他说穿西装表示隆重其事，不因为场地。

儿子虽然没说，但从种种细节，感受到他的快乐、他的满足。

美食是沟通的最佳桥梁，填平代沟，我跟四个大男孩，喝清酒啖鱼生，他们讲述校园趣事、人生的规划，天南地北，讲笑话。

酒过三巡，细听几个男孩的对话，话题健康，感情融洽，喝多了也没有失态失仪，对于儿子的学校生活、社交圈子、朋友的素质有了深入的了解，这些是父母问子女一万遍"你交的朋友中有坏人吗？""朋友中谁最有上进心？""有

我们夫妇二人和大头的同学也成为了朋友。

同学引诱你吸毒吗"都问不出的答案。从来不问这等冒犯、接近侮辱他同学的品格、侮辱他对择友的判断的问题，破坏母子关系之余，又问不出结果，费时失事，不如花点时间，打进儿子的社交圈，从他与朋友的言谈、相处、态度中过滤出真正的答案。

新的起跑线

儿子准备走到人生一条新的起跑线上，到美国去升学，定下了出发日期，我陪他同往，参加开学礼，及为他打点入住大学宿舍的日常用品。

在启程前两星期，传来噩耗，久病卧床，正在医院留医的母亲，病情急转直下，去世了。

接到医院通知时，母亲在弥留，医生正在抢救，打了强心针和电击心脏，情况不乐观，所主持电台的节目，在一个半小时后便做直播，但妹妹外游未回，父亲年老，住处较远，未亲自了解情况前，不忍他受惊，我飞快赶往医院，医生说尽了力，走到母亲床前，紧握她打点滴打得冰冷僵硬的手，她双目如过去几年般，一直紧闭，她倦了，不留恋，跟她说："妈，你走吧，到一个你能看、能讲、能听、能笑的地方去。"微有起伏的心电图瞬间平伏成一条笔直的线，母亲抽入最后一口气，走完人生最后一程，呆立她床前，伴着，不用她孤身上路。

通知年迈的父亲，在医院打点妥当后，我飞扑回电台主持节目，尚有五分钟直播，整理一下思绪，强忍心中眼泪，像没事人般做完节目，再去为母亲的后事奔波，领死亡证、火葬纸、排期火葬、到殡仪馆订出殡场地及日期。

香港火葬场有限，排期火葬需时，另一方面，殡仪馆场地有限，排期出殡亦需时，要配合大殓后，实时将遗体送到火葬场去，是项艰巨的工程，再加上必须在我和儿子赴美前这14天内办妥，更是难上加难，幸而得好友多方频扑[①]，母亲保佑，在出示我和儿子赴美国机票后，获酌情处理，又得好友帮忙，觅得环境幽静的骨灰龛，安放母亲骨灰。

母亲上午大殓，当天下午，便要与儿子赶乘飞美的航班，时间要掌握得很准确，十分紧张，清晨在赴殡仪馆时，已将所有行李放在车上，早上在火葬场，泣别母亲后，脱掉孝服，往解慰宴，胡乱吃点东西，即飞车到机场。

祸不单行，母亲逝世，心情已坏透，电台新高层，对我肆意打压，不管我尽责得母亲刚逝世，也赶返电台，照常做直播，入职15年，从不迟到早退，合作又不计较，他为扬名立万，收宣传效果，漠视这一切，以莫须有罪名，逼我离职。

踏入社会，工作多年，明白作为员工，不论年资、不论忠心程度，公司有权随时开除，但不是用卑鄙、置你于死地、要你永不超生的黑手段，虽然已有新工作向我招手，但觉人性阴险恶毒，一年有365天，就偏偏选在我丧母之时，插我一刀，似有深仇大恨。

性格优点，是很阿Q，会把坏事，视作好事，经常教导儿子，谨记"乐观"二字，不要为未能改变的事情担忧伤神，最重要的是家人，保持豁达的胸襟，活在当下，相信这次双重打击是试炼，给我机会，身教儿子，让他知道，当已做好自己，无需怨天尤人。

为免儿子担心家中经济，我主动告诉他，暂时无需担心学费和生活费，但要

---

① 频扑：往来奔走。

奉行应使则使。

没有咬牙切齿，没四出申诉，心中也不存半点仇恨，理念是既已吃亏，若继续受负面情绪影响，岂不输上加输？要输少当赢，就要积极向前看。

抵美时，学校宿舍尚未开放给同学入住，儿子与我暂住酒店。两天后，宿舍开放了，我替儿子把两件大行李搬到他的房间，替他打点床单被铺后，他要即晚入住，百分百投入新环境。

参加学校为新生及家长举行的迎新会，认识了儿子由学校安排的同屋，外国人，念电影系。

儿子欢迎这个安排，"到外国念书，就是要认识不同国籍的人，学习不同的文化。"

同屋对生活细节十分讲究，自携黑胶唱碟留声机，床上用品全是品牌，显得儿子有点寒酸，幸而他和儿子都无此观念。

记得高中毕业礼上，学校派了一件黑色毕业袍，给所有同学在毕业礼上穿，儿子是少数拒穿的学生，他的理由是"大学生才有身份穿毕业袍，我不过是中学毕业，没资格穿。"结果他穿上衬衣长裤上台领毕业证书。

在美国大学的开学礼上，学校同样送给新生一件黑色长袍作为开学礼的制服，儿子二话不说，乖乖穿上。

开学仪式相当隆重，每个学院的院长，都穿上代表不同学科的博士袍，上台勉励新生及宣布学院的发展大计，并要新生跟他起誓，要做到最好，气势磅礴，家长和新生要分坐不同区域，远远看到儿子，一脸严肃地起誓，这是他给学校的承诺，也是对青春的承诺。

我在美国多逗留了几天，直至儿子正式开学，才返香港，除了必需要我在场的事情，儿子因忙着适应新环境、新朋友、新同学，已分配不到时间陪我。

但见他没半点不舍离情，没患思乡情绪，我理智上安心，感性上神伤，由于儿子已开课，只用短信跟他道别。

在往机场的高速公路上，所有车辆都义无反顾朝目的地飞驰，窗外风景箭速掠过，一幕一幕与儿子共处的画面在脑海重播，喜怒哀乐，带他去考幼儿园、小学面试，第一天送他上幼儿园，第一天陪他返小学一年级，上中学第一天因要返电台工作，没陪他，转眼大学开学，伴着他成长，他是面镜子，反映我性格优劣、长处、短处，我守护他成长，他驱使我持续成长。

他走上新的起跑线，我也同时走上新的起跑线。

孤身在高速公路上赶飞机，倍感孤单，人生无常，短短一个月，经历母亲病逝，事业无端受挫，儿子远赴他方，生离死别，发生得太速太快，百感交集，心下凄然，却来不及沉淀。而要应付现实中接踵涌来的问题，唯一能做到的是，欲哭无泪。

独立大学生

很多朋友问："你儿子会否不适应美国的生活。"我毫不犹疑答："不会，他很适应。"

这一趟陪儿子美国开学，更确切地感受到，作为父母要有自己的生活和朋友，孩子长大独立后，会有自己的生活和天地，最可靠的还是身边的老伴，有老友更好，就算不工作，也要培养广泛兴趣，开阔视野，自我增值，人生才会过得更充实有趣。

大一开学不久，发生校园枪击事件。万圣节，学校借出会堂，给同学开万圣节派对，有外来人参加，晚上11时多，其中两班人，在派对上发生摩擦，有人开枪，伤及四人，都不是大学师生。在附近监察的校园警察，立即赶至，将两个可疑人逮捕。儿子当时在工作坊赶制模型功课，枪击发生在工作坊附近，他听到枪声，在给我短信中，他说感觉震惊、不安。我比他更不安，鞭长莫及，仅能嘱他万事小心。

圣诞假期，终等到儿子回家了。这是他首度离家这么长时间回港，航班清晨5时多抵港，到机场去接他，在14个小时的行程中，睡了12个多小时，连飞机餐也没吃的他，精神奕奕，推着行李，步出禁区，见到比他矮一截的妈妈，保持步伐节奏走过来，展开消瘦了的双臂，拥抱挂念他的妈妈。

返家车程中，他一反以往寡言习惯，十分健谈，滔滔讲他的见闻、体会、经历、学校生活、同学的相处、课余活动，细细碎碎。原本45分钟可到家，我刻意把车开慢点，享受两母子独处的空间。

儿子爱吃广东烧味，中午特地带他去著名烧味店吃午饭，他要了烧鹅腿、切鸡腿、油鸡腿及半肥瘦叉烧，侍应及其他食客为之侧目，不相信我们两人可把烧味吃完，儿子要了一碗白饭，我要了一碗濑粉，一轮狼吞虎咽，儿子吃完白饭，把我剩下的半碗濑粉也鲸吞，烧味只余几块骨头，他摸着肚皮说："这一顿是过去四个多月来我真正吃得饱饱的。"四个多月也没一餐温饱？已交了膳食费，可随意到校园内七家餐厅去用膳，怎可能吃不饱？

"学校餐厅食物，一点不好吃，吃下填饱肚子，是为了生存，不像现在，是享受。"听了，心里隐隐作痛，再看看两颊凹陷的他，心更痛，却又佩服他的决心，没嚷着要回家，为自己的决定负责和付出。

回家第一晚，他睡至自然醒，睡醒了，仍眷恋这张他睡了多年的床，不愿起来。骤地，眼前的大学一年级生，变回小学一年级生，我抚摸他厚厚的头发，他抱着枕头享受着。

"睡得好吗？""很好，是我过去四个多月来首次在完全漆黑中睡觉（sleep in complete darkness）。"

学校宿舍窗帘不遮光，太阳东升，把房间都照亮，儿子从小习惯在百分百黑暗房间睡觉，但不习惯也得习惯，要适应环境生存，话虽如此，我心又阵痛了，却没说出来，不管用的话，免了，反过来赞他很能适应。

回港的两个多星期，就起初两三天，多点时间留在家，大部分时间，他都与从各地返港的旧同学见面聚会，回港前他已声明了，圣诞前夜会跟我们一起去圣诞舞会，大除夕，他"告假"，不陪我们，跟旧同学们开倒数派对。

每年，他都与我们出席大型圣诞和新年派对，尝过不少有名堂的菜式，遇过不少知名人士，他宁愿与大班旧同学叫外卖喝啤酒，也不要去节目丰富、布置华丽、美酒佳肴的派对。他重视友谊多过物质，不会觉得他选择错误，白白浪费了美食好玩的派对，这是主观看法，从他的角度看，他可能觉得一班大人言不及义，十分闷蛋。如果硬将自己的喜好、认为的应该与不应该，加诸18岁的儿子身上，就太专横了。

大学规定，一年级新生必需入住宿舍，二年级则可选择继续住宿舍或租房子自住，儿子假期后，返美不久，通知我，大二不再住宿舍，已经跟另外三个男生觅得一个有两套房的单位。

没表示反对，唯一的要求是要他将房租、每月支出列明，儿子向来不用理财，要他处理金钱问题，是个大考验，结果他将四人总共付的租金，写成一人支付的租金，吓了我一跳，于是问了连串问题，目的是引导他，细看租约每个要点，及他的法律责任。

他走的每一步，都在显示，他的性格在飞速独立，没可能、也不应阻挡，就该助他早点独立。

完 成 大 一

完成大一课程，儿子放暑假回港。刚下飞机，给我一本厚厚的册子："你付的学费都在里面，送给你做生日礼物。"

翻开，逐页看，是他大一全年功课的结集，工工整整的计算机字，一字一句，都是他得到的学问，不少已超越我的知识范围，看着一堆堆逐个字都会读，却不会解的功课，傻笑起来。

儿子暑假生日，他邀请20多位同学好友吃自助餐，一如自他十六岁开始，我和丈夫做先头部队，去餐厅替他打点，预先结账，然后，两老再到别的地方去吃晚饭，让他们开怀尽兴，不在场，是对儿子和他朋友的尊重，是对他们的自律，投下信心一票。

一班年轻人，都是外籍女生男生，礼数却周到，道谢之余，还会加送一个拥抱，毕恭毕敬。

我们给予儿子充分自由，他与友人晚上去玩，不会时刻电话追踪，他只要交代去哪里、跟谁一起和回家时间，若延迟返家，必须短信告知，免我们担心。不是放任，是放心。

年轻时，我是一个看似反叛、实质自律的人，很明白，自律的年轻人，觉得被管是种侮辱，会有 "既然我自律，你也不信任我，我又为何要自律" 的心态，就算不反叛，也会觉得父母不了解自己。要令年轻人相信，你了解他，要很长时间，要年轻人觉得父母不理解他，不过需要一分钟。

　　自儿子七岁起，有自顾能力后，暑假必定带他出门，是为母子俩每年单独朝夕相处最长的时间，此行打算跟他到南欧的西班牙和葡萄牙，去欣赏旷世西班牙建筑师高迪，多座被列入世界遗产的建筑物，如维森斯之家、圣家堂、桂尔宫、卡尔倍特公寓、桂尔公园、巴特略之家、米拉之家等，让念建筑系的儿子，吸取前人先驱的创意。

　　因言语不通和当地治安问题，决定跟随旅行团，儿子19岁，从未参加过旅行团，跟陌生人一起旅游，是给他接地气的好机会。由于入读国际学校，他的生活圈子、社交圈接触的都是外国人，习染不少外国风俗、文化、习惯和思维模式，不够本地化。但在什么地方，就需投入当地的生活。故选择参加旅行的都是本地人，导游以广东话导赏的旅行团，望替离家一年的他擦新一下对中文和广东话的记忆。

　　旅行团共二十八人，其中八人来自同一家庭，有老有少，共是二十多万港元团费，远赴欧洲，对名胜古迹、历史背景、名人逸事的兴趣，远不及他们每天早上在旅游巴上，高谈阔论昨晚在房间泡的香浓普洱茶吸引。

　　跟儿子封八人团做"相霸"，凡到一个景点，他们都争先恐后下车，赶到拍照热点，开始车轮战，逐个拍单人照，然后以不同组合拍照，甲跟乙拍，再跟丙拍，依此类推，甲轮回了一转后，到乙轮回，然后丙、丁……起码私有化景点半小时，我和儿子会先在附近其他地方拍照，四处浏览，待他们散去，才去热点拍照。

　　导游是个尽责的谦谦君子，做了很多资料搜集，融会贯通了娓娓道来，十分专业，对于八位团友的喧闹、不求甚解、事事挑剔、自成一国，习以为常，相信他面对过为数不少这样的团友，见怪不怪。

　　导游是现实生活中众多雇员的缩影，为了工作，面对不尊重自己工作的人、妨碍自己工作的人，还是要笑面迎人，因为那是工作的一部分。旅途上，跟导游闲谈，知道他有两名子女，是家中经济支柱，当导游的收入，大部分来自团友参加当地额外节目如购门券看表演、购物抽佣金，及团友小费，换言之，团友就是老板，维持自己尊严，同时要容忍团友的不合作。儿子身历其境，体会到工作与交友不同，不喜欢某个朋友，可以视而不见，不瞅不睬；工作上却不可以，除非预备被裁走，导游的处境，无形中替他上了现实的一课。

　　虽然对八人团不敢恭维，但见面会打招呼，那是基本礼貌，儿子也跟着打招呼。

　　出发几天后，与团中一对夫妇和一对姊妹特别投契，一日三餐同台，言谈间各自讲关于自己的事，萍水相逢，忌交浅言深，儿子在旁聆听，知我点到即止，怎样落墨，面对陌生人，什么应讲，什么不应讲，没有口诀可念，没有数据供分析，靠生活的阅历、处世的经验来衡量，儿子在旁偷到师吗？有启发吗？

　　团友几乎都知道我是做传媒的，从前儿子会很抗拒别人认得我，跟我打招呼又要求合照，他觉得很滋扰。

　　"儿子，你看他们遇到我，笑得多开心，是对我的一种赞赏，能够带给人开心，不容易，作为公众人物，给人认得，是大家给予支持，如果无人认得，是我有问题，这才真要好好检讨。"他明白了，被认出、被合照，是妈妈工作的成绩单，他不再抗拒。

　　旅途上，不免被追问、求证娱乐圈消息，我不打算做驻团节目主持，给出一个得体，但不具体的答案，暗示正在休假，不谈工作，团友知难而退。

西班牙其中一个庞大的经济收入，来自猪。游西班牙，必定要一尝名产黑毛猪火腿，及到塞维利亚古城吃著名乳猪。其肉骨之松软，大厨是用碟代刀，将之切开的。

西班牙的黑毛猪火腿比香港便宜30%，入乡随俗，买作佐酒小食，油脂甘香，啖出棉里针的智慧。

西葡之旅，人生百态，跟陌生人相处，鬼斧神工的建筑，名胜古迹，历史故事，风土人情，名产美食，旅途趣事，适应不同环境，是送给儿子丰富人生阅历的礼物。

行程最后一天，儿子敌不过45℃高温、湿度35%，又热又干，火焰山般的炎夏天气，再加上十天来的舟车劳顿，踏上16小时回程航班前，开始喉痛发烧，全程戴上口罩，只喝清水，到了香港机场，给体温探测器察觉。当时正借中东流感期，机场人员大为紧张，有礼貌地带我们到机场医疗站，量体温及查询返港前到过的国家，若曾到过高危国家，随时会被隔离作观察。恐他发烧，头脑不清，答错问题，要进隔离营便麻烦了，于是代答，儿子发脾气："是问我，不是问你，我自己会答！"

他刚满19岁，为何还老把他当作9岁？

离 家 出 走

升大三前的暑假，儿子取消回香港。本来一家人，预订了坐游轮度假，他临时要退出，为的是要提早完成学业，要增值履历，他选择留在美国念暑期班和做暑期工，再者，他又要搬屋了。

因为其中一个室友，令他有微言："他随意打开雪柜吃掉其他人的食物，事先没问准，事后又不告知，当大家做功课温习至半夜要吃夜宵，才发现自己的食物不翼而飞，他却无半点歉意，推说不知道是谁的食物，所以不知道该问谁，所以我们要在食物和饮品上，写上名字，他套房里的厕所坏了，他擅自来用我们的，弄脏了，不清洁，拍拍屁股便算，单位任何东西坏了，他都不会主动通知管理处派人来维修，实在不想再跟他一起住。"

欠家教的室友，是很好的反面教材，儿子终于明白，为何我坚持要他亲手清洁他弄脏的座厕。我深信，不教会儿子文明有礼，吃亏的、叫人讨厌的是他，严管他，是不想招致别人来管教他、责备他。

儿子预备升读大三时，与5个男生，搬到距学校15分钟脚程的独立小村屋去，6个人，每人一个房间，共享三个厕所。

未出国前，儿子最痛恨别人用他睡房里的私人洗手间，觉得不卫生，经过两年的群体生活，他不再介意。

有些被骄纵的学生，要从香港订造指定品牌及软硬度的床褥到美国去，还有指定的枕头和被铺，否则会失眠，当然也听过有学生储起一个月替换出来的衣

大头大二时，与三同学合租的单位。

物，寄回老家去洗净，再寄回给他们，完全失去留学意义。

　　留学除为一纸文凭和学位，另一目的，是学习独立，训练适应能力，吸收多元文化，锻炼社交技能。如故步自封，到了别人的地方，仍活在自己的框框里，就如老外用普通话拼音，学会念唐诗三百首，但对诗中意境、隐喻却一窍不通，亦如用汉语拼音学英文，学会了讲，却未能具体了解个中意思，倒不如留在自己地方，学好自己的学问。

　　儿子暑假不回家，我移船就磡，到美国去，由于工作档期，只能逗留四天，主要是看看他新居环境并替他添置家居用品。

在美国，有位相熟司机，留美期间，全由他管接管送，异常方便。费用是30美元一小时，昂贵，所以每次用车，会事先密密安排行程，每到之处，都匆匆忙忙，以省车资。

赴美前，儿子发短信给我，嘱我不要用该司机，认为他收费贵，又不熟路，经常浪费时间和车资，他提议用uber（优步）召车服务，方便快捷，安全便宜，可是uber仅供当地居民使用，车资从召车人银行户口扣除，此行用车，就由儿子负责召车及支付车资。

开心的不是省了车资，是儿子迈向独立，融入当地生活，不用我负责接送他，反过来由他接送我。

两年前，来美之初，事事懵懂，大小事项都由妈妈安排打点，两年的外国生活，独自面对、处理、承担学业和起居饮食等细节，加速了他的成长。当他带着跟我素未谋面的新女友，携我到当地探望他的好朋友，坐着uber出租车，来酒店接我，我的感觉是"我儿来接我去吃晚饭"，满心欢喜，竟又一阵鼻酸。

心情矛盾，欢喜与心酸角力，口说要儿子独立，心中其实有一小角落在奢望，他仍需要依赖父母，为此，每次他托我办事，必定高效率，第一时间办得妥当。

他带我参观新住所，小小的旧式独立屋，有点破烂，他逐一介绍五位室友给我认识，他们或跟我握手问好，或点头微笑，我把他们的名字、样子、特征，牢牢记住，回到酒店还做笔记，以便跟儿子沟通时，更为亲切，他再没机会埋怨我，从不把他的事情和朋友名字放在心上。

睡床，是好友卖给他的二手床，收拾整齐，跟香港他的睡床一样，铺上米白色床单，墙上贴满他网购的海报和几张他的画作，房间满布色彩，分外温暖，衣柜和散放台上地上的杂物，比较凌乱，房中唯一的椅子是别人给他的，用来放食物和饮品的三手雪柜，以廉价买的。

在雪柜和杂物柜上，放了三四十个空酒瓶，大多是红酒，都是在超级市场买到的牌子，随口说："喝这么多红酒？"

"不是我一个人喝的。"顿了顿，"就算全是我喝的，来美国两年多，才喝这几十瓶，也不算多。"

不认为多，是戒不掉"妈妈病"，走进妈妈设定的模式。

他忽然将椅子移到房外的走廊去，站在椅子上，从自行用木板搭成的小阁楼里，拉出一个立体模型，约16.7 cm×10 cm，厚纸砌成，我认得，是他念大学的第一个模型功课，很有纪念价值。

他又爬高，到另一个小阁楼储物柜，拖出另一个模型，是他大二时的功课，教授给他的分数，全级最高，并当众称赞他，后来更砌成实物原大，放在学系大楼外的草坪展览，一个给予他很大信心的模型。

既小又乱的衣柜中，藏了两个体积较小的模型。

四个模型摆放面前，全是他的原创设计，由他一手一脚，一小块一小块地砌成："这些都是你看了照片后，叫我要留给你亲自来看的模型，我好不容易找地方存放它们，搬屋时小心翼翼抱着，费了很大的劲，才令它们完好没缺。"他把模型保存了一年多。

我不停替模型拍照。感动。每个模型都是他的创作，由设计到在工作坊磨上多个夜晚，彻夜不眠、撑着睡眼砌成，累得连饭也吃不下。

曾在短信里，要求他把模型留着，他反应淡然，没说好或不好，酷酷的，原来已牢牢记着，并且想尽办法，满足老妈要求。还庆幸自己见到他不置可否的反应时，没有穷追，硬要他落实答应，否则就太讨厌了。每个人处事方法不同，就算是儿子，也不可迫他跟自己的一套。

参观了两层高的小屋，感觉是客厅、厨房、厕所等公用的地方，因长时间无人收拾清洁，凌乱又肮脏。

他问我对房子的整体感觉，我没直率地把话说出来，他已签了租约，还有几天便开学，不可能搬屋，如果说不中听的话，会令他住得不舒服自在，产生负面影响，我婉转说："妈妈觉得你很棒，适应力强，这里环境与家里完全相反，也跟你大二的旧居很不一样。"

他点头同意："是呀，但最起码，我有属于个人的房间（my personal room）。"

这话怎说？从小他已有自己的房间。

"在香港，你们都为我预备好一切，由不得我做主，现在我的房间，完全由我出主意。"说法不成立。

"我和爸爸从没干涉你怎样布置房间。"

"我想贴一张海报，放一些小摆设，都会被问为什么，事事要解释，不及现在自由。"

听得心中一阵刺痛，以为对他无微不至，事事照顾周到，他身在福中，还反过来嫌弃，埋怨没有布置睡房的自由。无言。

他的话触动了我的神经，很想 "骂醒"他，此时脑际闪出，他的一段童年往事。

那年，毛毛头六岁，一个周末下午，忽然一本正经发通知： "我要离家出走。"

我强忍着笑，问他： "为什么？"

"每个人都会离家出走，我也要离家出走。"看来是受了同学影响。

"出走去哪？"

"说明是离家出走，我怎会讲去哪儿。"老气横秋。

"那你要小心被白纹伊蚊叮着，如果叮到了，要打电话回来。"正值白纹伊蚊在香港肆虐，传媒不断呼吁要小心防范。

"要不要保姆跟你一起离家出走？"他跟年轻保姆情同姐弟，谁知他说： "不要，她会通知你我去了哪儿的。"

"保姆的责任就是照顾你，你出走了，她在这儿便没事了，那我叫她返菲律宾老家去。"

"不，我带她去，但不准她打电话给你。"

"好的。你出走，要带些钱傍身，用来坐车吃饭。"

他从新年得到的红封包，取出200港元放在口袋里。

问他："那你今晚在哪儿睡？"

"我不会告诉你。"

他带着保姆预备"出走"时，我提醒他："哪有人离家出走经前门的？要走后门，才像出走呢。"

于是他与保姆从后门出去，我替他们关上门，后来保姆告诉我，儿子不乘电梯，坚持要走十多层楼梯到地面，因为他是"出走"。

约两个小时后，门铃响起，儿子与保姆回来了。"出走完了。"儿子宣布。

"去了哪？"他坚决要将出走地点保密。

"我不会告诉你。"

"出走的感觉怎样？"

"很好。我可以买我喜欢的东西。"他展示手中的一张动画DVD，保姆替他拿着新买的背囊。

出走，就是为了到附近一家商场闲逛，随意买他想买的东西，身旁没有老妈在啰唆提点什么"真的有用才买""有三个颜色，你为什么老是拣黑色"，他出走的目的是要争取购物自由。

将童年离家一幕，投射到今天，他投诉没家中睡房主权，不过是追求自己的空间，并非有何极度不满。

通过一场激烈的吵架，才得知，儿子的不满，不单是睡房主权。

洗　厕　所

暑假过后，伴他返美国升大二，主要是看看他新居环境及认识他的三位室友，闲谈中，得知他急于念大二，而且着急搬离宿舍，原因在于如仍住在学校宿舍，会被当"新生"看待，新生会被看扁，被定性为幼稚的初生之犊。

要从儿子口中得知一些问题的答案，用闲谈的方式，会比较有把握。跟所有年轻人一样，他是只小刺猬，对于父母的发问，都会竖起身上的尖刺，保护自己，未答问题，先反问："为什么你要问？""我一定要回答吗？"然后得到的答案是"不记得""不知道""无特别原因"，为此我与儿子争辩了多次，都是不欢而散，尝试用不同方式问他问题，发觉闲谈最管用，不是以父母由上而下，权威式我问你答，而是朋友般寒暄关心。

新居未交租、未买保险、儿子未能入住，暂时与我入住酒店几天。一晚，他如厕后，座厕的冲水未能将留在座厕上的便溺冲干净，我嘱儿子亲手擦干净，他非常不满，发脾气，我坚持。

他将与室友共享厕所，如厕后清洁干净，是一种礼貌和尊重，不同在家中，有佣人善后，听罢理由后，他乖乖照做，自此他如厕后，都会清洁一番。

三个室友中，他只认识与他同房的同学，另外二人是新相识，三位都是外国人。

所选新居，刚是一栋新落成的颇具规模的住宅，住客九成是附近大学的学生，环境好、设施多，有两个健身室、两个泳池、两个餐厅以及大花园，专车朝7晚10巡回屋苑和学校，交通方便。儿子做了个很好的选择。

搬进去第一天，其中一位室友的父母及妹妹，更专程从英国飞来，替该室友布置睡房，挂画、迷你电视机、音响设备、地毯、小摆设，一应俱全，像布置要住上三五七年的家一样，儿子房间简约实际，表明是个过客，此情此景，幸而我已过了要替儿子打点的年龄，否则，他定感到很失落。

然而很快感到失落的是我。我用安装在公寓内的洗衣机、干衣机，替儿子洗干净新买的床单枕袋，然后合力一一铺上。在洗衣、干衣过程中，我教儿子怎样用那两座雪白的机器，他撇撇嘴，没好气："妈，过去一年，我不知洗衣干衣多少次了。"

替他添了台灯、毛巾、风扇、床头柜等家具，又特地买了一台落地灯，放在公用客厅，令环境更有家的感觉。

布置好后，我从酒店把他的行李带过来，儿子与室友下楼，合力把他的行李运上房间，嘱我不用上楼，可原车回酒店，因为室友的朋友来串门子，有十多人在屋里。儿子给了个很体面的理由："他们太吵了,你不会喜欢的。"

儿子回到他的世界,再无闲陪老妈了,独立、懂自处,帮上大忙,在酒店房间,细味宁静,脑袋不停搜索,儿子有没有东西需要添置,有没有事情需要跟进,吃晚餐、看书、看电视、上网,偶尔查看端正放在桌上的手提电话,恐怕错过了儿子的短信,上厕所也带着,方便他打电话来可第一时间接听,夜阑人静,电话更静,等着等着,模糊入梦。

临返港前,打算跟儿子吃顿晚饭才去机场,他说:"晚上我要去兄弟会(Fraternity)的活动,你现在过来吧。"

下午,打车过去,跟他说拜拜,又是孤身踏上高速公路。

矮墙后的棕榈树

为省却交通,争取两母子相处时间,儿子一忙完准备开学的事,便来我酒店房间吃晚饭,两母子无拘无束,慵懒地倾谈,畅所欲言。

由零用钱打开话匣子:"妈妈,我终于知道,为何从前我每天吃这么多东西都不长肉,因为我不懂吃什么和怎样吃,现在我学会了,要少吃多餐,多吃鸡蛋、奶酪和鸡胸等白肉,每日食六餐,加上运动,你看我的肌肉都出来了,因此我花在食物方面,比以前多了,要加零用钱。"

那段时间，刚发生有艺人在内地吸毒的新闻，身边不少家长，马上如惊弓鸟，冲去问子女："你有吸毒吗？"质问、质疑，不是关心，既伤感情，又问得拙劣，难道以为子女会答有吗？

子女有没有吸毒，留心他的言行和经济状况，就会略猜到一二，又带他出门几天，住同一个房间，朝夕相对，若有吸毒或习染不良嗜好，定无所遁形。

跟儿子提起，有艺人在北京吸毒被捕的事，他早已知悉，这才知道他心系香港，一直有订阅香港英文网上报纸。

告诉他，不会问他有没有吸毒，因8个月没见，他健硕了，肩膀宽横，手臂结实强壮，身形由男孩变男人，阳光健康，看他身形，已知答案，无需多此一问。他真挚地笑了。

提到开派对的问题，他说："本来学生开派对，可以有酒精饮品的，最近则禁了，因为每次派对，总有几个学生饮酒过量晕倒，要送医院急救，他们不节制，拼命狂饮，全因父母管束严苛，从不准他们饮酒，入了大学，离开了家，他们自由了，觉得长大了，所以拼命饮，妈妈，不是每个父母都像你和爸爸，会给我喝一点酒的。"

我看看餐桌上，放在冰桶里的香槟，示意儿子来一点，他摇头，对冰箱里的啤酒也没兴趣。

人具反弹本能，管得越严，反弹力越强，不严厉，不表示不管，是诱导性、有启发性地管，道理由他们悟出来，他们才会真心信服。

话题扯到同性恋上，有一位他的朋友，二十来岁，一直没交女朋友，被质疑是同性恋者，朋友始终不置可否，儿子说："沉默代表了千言万语，这是我修读的其中一个心理学课程的理论，他若然不是，定会否认，每次讲到这话题，他都顾左右而不言，各种显示，他未必已成为同性恋者，但有倾向，现阶段仍未搞清楚自己的取向。"他分析得头头是道。

儿子念理科，学校规定，他们必须修读文学、哲学、社会学、心理学及欧美文化史等课程，从而培养理解判断力、写作技巧、沟通能力，并充实思想，学会看事情更多角度，更人性化，平衡理性和感性思维。

习惯早起，在外地也一样，早上八时多发短信给儿子，落实当日购物行程，过了一小时，还未有回复，打他手提电话，良久才接听，定下见面时间和地点。挂线后不久，他传来短信："请不要在早上十时前打电话给我。"

我念小学时，每逢星期天早上，母亲叫我起床去饮早茶，我必定大发脾气，告诉她别在早上跟我说话，长大后已无"早上不说话"特权，怎想到儿子会有遗传因子。

尚余两天返香港，儿子在酒店吃过饭后，匆匆赶回去，把日间陪他买的书架、办公椅、沙发等家具，一一开箱合成。

他抵家后，我用短信与他闲谈，舒缓不舍心情，又跟他讲了一通电话，过了大半个小时，又再短信他，迟迟未有回复，约一小时后，他回短信，称刚才在忙着装嵌家具。

我认为他应珍惜我在美国短短的几天时间，多保证点沟通互动，气上头来，短信教训他。他回复，请我冷静，并称我的过激反应吓怕他，以及伤害了他，嘱我应用可亲有爱的方式表达。我表明心态说，一切出于母爱，化解了一场小小的矛盾。

翌日，是儿子正式开学日，按他所说，早上11时，要回校报到。

当天早上，特地到超级市场，替他添置日常用品、食物和饮品，免他开学期间，烦恼这些琐事，打算他来酒店晚饭时，给他带回去。

买的物品多得要超市职员替我捧到车上，为免儿子晚上要从酒店搬回去，反正我包了车，不如直接送到他家，简单方便。

刚准备发短信给他，问他有人在吗？看看表，中午12时，他该已回校，第一天开学忙的事情多着，不想为此等小事打扰他，反正如"摸门钉"（意为家里没人关着门），可原车返酒店。

到他住处时，其中一位室友尚未出去，还道运气真好，满心欢喜，抱着一大袋给儿子的东西，走到他房间，刚推开房门，即暗叫"倒霉"，儿子穿着短裤、赤着上身，半躺在床上，抱着计算机上网，抬头看到站在房门口的是妈妈，一脸愕然，眼神由茫然很快透出怒火，定下神来："你怎么来了？"我解释原因，他马上投诉："你为何不事先发短信或打电话通知我？"

"我以为你已上学，不想打扰你。"

"今早学校电邮通知，开学时间延至下午！"

我把替他买的日用品拿给他看，他说："别以为用钱、用物质就可以控制我，我不吃这套的。"交学费、付零用钱、买家具、买刚送货来的电视机，算不算是用物质控制他？当天是我的黑日子，说什么也不中听。

话题迅即扯到昨晚短信风波上，他咆哮："为什么你总要把我说成不孝顺、不爱你，从小到大都是这样，早已告诉你，这段时间我忙于开学，忙于兄弟会新一年度的事务，请你提早来美国，前阵子我已搬了屋、未开学、未为兄弟会的事而忙，每天可以24小时陪你，你偏要选在这段时间来，却反过来怪我不珍惜你在美国的时间，不多陪你，你知不知道，你在短信中指我伤害了你，令我多不开心？"他把昨晚的郁结一口气吐出。

"妈妈不是告诉你，不能提早来的原因了吗？"

"你就是忙，我知道我们不是有钱人，你和爸爸都要上班赚钱，没时间陪我，我明白，但你知不知道，一个小孩，尤其是家中唯一的小孩，多需要父母陪伴？将来我一定不会这样对自己的子女，我会用很多时间陪他们。"他越讲声音越大，他愤怒了。

"怎么你一直不跟我们讲，不告诉我们你的需要，到现在才来怪我们？"眼泪涌出来了。

"我有很多话想跟你们讲，但你们有时间听吗？所以我索性不讲。"终于明白，从小到大，他甚少向我和丈夫，表达心里感受的真正原因。

"妈妈，我已长大了，我已是成人，不再像从前，对你唯命是从，我和爸爸都不与你争拗，因为你一定要是对的一方，我还是小孩的时候，心里怎样不同意你，也觉得我还是个孩子，应要服从你，但现在不同了，我是成人，跟你一样，所以你不可以再吩咐我、控制我，我跟你是平起平坐的朋友，但我必须强调我仍爱你、尊重你，你亦应把我看作是朋友。"

不再被需要，是很可怕的感觉。深呼吸，吸入大量空气，供氧给脑袋，保持清醒冷静——弄清楚了，他不是不需要妈妈，他是要挣脱妈妈对理所当然的要求，挣脱他必然要听从妈妈说话的枷锁，他要相敬如宾的相处。

哭了才知心酸，潸然泪下，视线模糊，思想却一点也不模糊。我并不如儿子口中的忙得没时间给他，每日总有一两个小时跟他相处，小时候每晚给他讲故事、谈心、伴他入睡，每年暑假跟他外游培养感情，陪他去同学的生日派对，将他的要求、需要放在第一位，会告假不做节目，出席他学校的活动，他重要的日子如开学礼、演出、生日都在他身边，清晨送他去补习，陪他考公开试，出席毕业礼、老师家长会……太多了，仍惹来他投诉，为什么？实时没说什么话，他正赶着上学，这不是个讨论的好时机。

"你有需要发这么大的脾气吗？"我哽咽。

"你忽然来到，事前全没通知，把我吓了一大跳，我很自然会怀疑你，是不是突击检查我？万一我刚洗完澡，未及穿衣服呢？那多尴尬？"

"你知道妈妈从来不会做这种蠢事，我不发短信给你，是以为你在上课，避免给你带来不必要的骚扰。"

"你不能怪我这么想。"

他以"我要准备上学了"，明示暗示我该离开。

临走前，把预备给他的零用钱放在书桌上，他没说"别以为用钱就可以控制我，把钱拿回去"。我竟心里暗喜，似患被虐症。

是妈妈，是朋友，看来因情况而定，很弹性。

拭干眼泪走了，在快速公路上，自我检讨，明白儿子对我突击他的猜疑，的确犯了天下父母不应犯的大错，未知会他，突然现身他家，侵犯了他私隐，虽然，单纯出于一份爱子情，却阴差阳错，被误会了。设身处地，站在儿子角度看，也会觉得妈妈不怀好意，此事令我学懂，凡事多走一步，有百利无一害。

为这场激烈、痛入心肺的吵架伤心、伤感、委屈，心中倒翻了五味瓶，很难受，幸而令我听到儿子压抑心里多年的感受，拆除母子间一道隐形的屏障。亦理解，为何儿子面对我，总摆出一副酷酷的样子，会毫不留情地指斥我的缺点，原来是为了宣示他是成人，是个个体，不附属于我，要求由儿子转换成朋友身份，口头做得到，心里做得到吗？

从小到大，孩子不是都很懂得玩需要照顾时，父母是父母，需要自由时，便推开父母吗？

没实时返回酒店，去了一家大型文具超级市场替"朋友"添补文具，明天便要返回香港，很想尽量把握有限时间，在细微处照顾周到，争取在这个晚上的共处时刻，多聆听他的所思所想、需要和性格上的变化。

他放学赶来，刚见面就给我一个拥抱，想必他也经过一番反思，用行动修补关系，他当然知道，气头上说话过了火。由得他反省内疚，不会为了一点面子，步步进逼纠缠，时间无多，不想浪费。

我问他开学的情况，他道出那份压力："因怕好的教授都收生满额，无可选择地要退而求其次的话，那会影响我的学习，所以很紧张。你在这个时候来，令我忙上加忙。"表面是投诉，实质是为早上发的一场脾气作解释。不跟他计较，除非想再大吵一场。

是时候放下父母的身段和威严，不用教训或教导的语气，改为作出提点：

"有时候，善用压力，会有不错的效果。"

将替他补给的文具给他，他很高兴。

细问他关于童年的感受，他讲了很多，我为自己平反："因着你今早的话，妈妈检讨过，其实你小时候，我并不如你所说的忙得没时间陪你，不明白你为何会这样说。"

"对，你的确花了不少时间陪伴我，我说你忙，是一种印象，一种感觉。"平反得值，没要他道歉认错，做家长要有做家长的气量，噢，是做朋友要有做朋友的气量。

对于未来几年学习的步骤、打算修读的科目，他已有了腹稿，很详细地告诉我，我拿出纸笔做笔记，免得忘记。

儿子看到我将他的话一字一句写下来，很高兴，越说越多，笔记作用，是将积存内心的关怀，形于行动，就如给他一个拥抱，让他实在感受到，那份关怀和爱，在快餐文化影响下，不宜低调含蓄。

儿子逗留了才一个多小时，便要赶回去睡，但母子俩对话内容之广之阔之深，是20年来首次，我想知道的事件都问了，且得到答案，没有遗漏，是靠事前把想问的问题全写下来，暗暗放在椅边作提示，多讽刺，访问天王天后、政经名人，都不用看"猫纸"①，跟儿子交心，反而要，因怕有遗漏。

他回到小屋后，传来一个短信："很高兴刚才与你的谈话。"句尾加上一个

---

① 猫纸：写有提示词的纸。

笑脸图案。

　　踏上归途，又是一个人，经常往返的一段高速公路旁，有堵延绵的灰色矮墙，墙后种了一排高耸的棕榈树，风再猛，笔直树干纹丝不动，只树顶似花瓣绽放的尖长大叶在摇摆，棕榈树遇风，叶子悸动，树干坚守岗位。明白了，在长途机上小睡，梦见那排棕榈树，回到家后，好几个晚上，都出现同一梦境。

深宵骑单车

说一句"不可以""不准"太容易，不花一秒，但带来的后果可能要花很长时间去化解。在很多事情上，儿子都已做了"乖宝宝"，"很多事情"他都会被否决，也得给他一个透气的空间，有看似绝对的自主，否则长期遭否决，孩子很易患上"母亲病"，活在母亲阴影下，蚕食独立自主。

初恋

他喜欢女孩子吗?

儿子小学毕业时,学校按传统举行毕业派对,男同学可邀请一位女同学做伴参加派对。学校出了通告后,家中电话响个不停,都是找儿子的女同学,他一视同仁,答案如念台稿:"不,不打算邀请任何人一起去(派对),你答应别人好了,拜拜。"

我好奇问儿子会跟谁去派对,他说:"J。"J是他当时最好的朋友,一位男同学。

"J是男生。"我说。

"老师说可以不用请女同学一起去。"

"你这样做,别人会否误会你喜欢男生?"相信每位妈妈都会生此疑窦,并希望得知答案。

儿子很酷地答："他们有这个想法，我也没办法。"

我语塞。有时候外界对我做出失实报道或抹黑批评，儿子替我不值时，我会告诉他："相信自己，问心无愧，便不用理会带有偏见的眼光。"看来他早已心领神会。

那年他刚踏入12岁，荷尔蒙开始发挥威力挑起反叛基因，令儿子容易反应过激，想法主观，情绪起伏大，容易发脾气，24小时不露一丝笑容，像个随时爆发的小火山。

看过不少心理书籍，知道介乎11～16岁青春期的少年不好惹，硬碰硬，必定火花四溅，明知是损毁亲子关系的高危期，忍耐才是上策。

多年采访艺人的经验此时派上用场，欲速则不达，尤其问极私人的问题而又要得到答案，首先要替当事人做心理按摩，给他足够心理准备，发问才会得到满意答案。相反冒冒然地发问，更容易引起封嘴的反效果。

记得他念幼儿园时，跟邻座的女同学成为好朋友，放学后经常去她家玩，不折不扣两小无猜，后来各自考入不同小学才没再来往。

儿子念小学一、二年级时，有一天，他忽然跟我说："我不再喜欢跟女孩子玩。"理由是觉得女孩子很麻烦，小男孩在发育期间都会有抗拒女孩子自然反应，当时我忍俊不禁地跟他说："这是你现在的感觉，将来说不定你只会跟女孩子玩。"

一如所料，到了三、四年级已有女同学在假期来我们家玩，儿子的生日会也有不少女同学出席，到了六年级小学毕业礼，何以又回绝所有女同学的邀请？

性取向问题相当敏感，要小心处理，稍有欠妥，伤感情之余，更有可能惹毛反叛基因，为了斗气，原是喜欢异性，会刻意硬装喜欢同性，做父母的唯有见机行事。

他是不是喜欢女孩子呐？他踏入中学后约半年，我的疑问一扫而空，各同学家长纷纷来通风报信，指儿子在学校有女朋友。

没向儿子求证，我常比喻如果儿子是艺人，他会是个最难采访的艺人，口风极密，除非他愿意让你知道，否则定问不出任何结果，以他的性格更会责怪妈妈相信道听途说。

父母是世上最矛盾的人类，孩子不喜欢异性，担心，喜欢异性，又担心，儿子从没向我透露关于他对恋爱的想法，是时候父子来一场对话，来一回国外流行的"man-to-man talk"。

丈夫单独带他出外吃晚饭，两父子坐在日式串烧店的长长吧台上，像两个中学同学，在牛腩串烧、鸡软骨串烧间，东拉西扯，由丈夫的工作到儿子的学校生活，有说有笑。

"拍拖了吗？"丈夫不经意问。

少男怀春，声线由童音转调成人声的儿子，一下子回到孩童时代，腼腆地把大头轻搁在由他出生就承托着他、让他安然入睡的厚厚肩膊上，小声答："有。"

丈夫没有像发现新大陆般兴奋，反而像每天都听儿子说 "吃饭了" 般稀松平常："求学阶段，不单是学习课本知识，也是学习与人相处的机会，不用太在意是不是拍拖，应该认识多些朋友，跟同学好好相处，这个阶段的友谊是最纯正可贵的。"

设身处地，角色对调，我免不了追问："她叫什么名字？几时开始拍拖？拍了多久？有拖手吗？有接吻吗？同班同学？有她的照片吗？"跟丈夫的导向式说话相比，我的剥洋葱式试探，当然不受欢迎。不是我不明白刻意逆水行舟，着实是母性使然，难以自控。

儿子了解妈妈的个性，怕烦，叮嘱爸爸不要把拍拖的事转告我，丈夫阳奉阴违，我也没动半点声色，没过问，也没表现出酸葡萄，否则露出马脚，儿子不再信任爸爸，情报员便要宣告提早退休，再要知道儿子所思所想便难如登天。

我也不打算旁敲侧击，没必要，这是一个心理游戏，面对一个反叛少年，问他是不是拍拖、告诫他不要拍拖、列出拍拖会影响学业等坏处，甚至升级至警告他不要有亲热行为，将事情无限放大，令本来不觉得是一回事的他，会觉得是一件大事，还是一件父母反对的大事，就会挑起他在此事上纠缠的兴趣，要儿子不觉得拍拖是一回事，作为父母就不要当一回事，更不必把拍拖一事推演至告诫或警告的层面，儿子不单会极度抗拒，听不入耳，最坏是他觉得不被尊重，不论对儿子管教多严厉，底线是不能有损他的尊严。

初　　恋

国际学校第10班，相等于本地中学五年级（内地中学的高一），需要参加中学会考（IGCSE），会考成绩会影响两年后投考心仪大学的成功率。面对这个重要关口，我唯一能帮他的就是每天预备充足的食物给他挨夜苦读，每天在指定的时间准时接送，不在家中请客，给他一个宁静的读书环境。终于考完试了，等发榜的日子里，大家都心情忐忑。

发榜当天，我正在电台主持直播节目，儿子发短信告诉我成绩，我瞥了一眼，把它转发给丈夫，继续忙。三小时后，做完节目，短信收件箱留言爆满，都是祝贺儿子考得好成绩，我才仔细看儿子的成绩单，他考得9A，其中3科打"＊"，即A$^+$，不少长辈知道了都替他高兴，争相要送礼物给他和请他吃饭庆祝，我这才有时间致电恭贺他。

忘记了跟儿子怎样庆祝，那份兴奋喜悦被一股酸溜溜的醋意冲淡了。

发榜后一个晚上，丈夫在客厅中向我透露，儿子向他私下透露正在拍拖。一股酸味顿时从心里涌出来。

我身兼儿子的私人秘书、总务、跑腿、照顾起居饮食、任危机顾问、银行提款机、刷卡代行人，犹如艺人的经理人，任劳任怨，为奴为婢，拍拖竟不给我第一手消息。

矛盾的是，我清楚知道，男孩子在成长过程中要确定男性的身份，必定想努力摆脱"裙脚仔"形象，所以自他10岁突然长得比我高，体毛露出头角，声音由童音开始走调转低沉男人声，他不再让我亲吻及触碰他的身体，在街上切不可拉他的手，他会反应激烈，更禁止我们叫他"蜜糖""甜心"；去接他放学或到球场接他回家，要装作不认识他，跟他相距3米远，除了关于学业等"公事"，任何"私事"他只跟爸爸讲，有困扰只向爸爸诉说及问意见，他爸爸平日只跟他闲谈开开玩笑，花在他身上的时间，不及我十分之一，太不公平了。

虽然早有心理准备，他一定不会向我剖白感情事，但当要面对这个事实时，我委屈得想哭。

此时，儿子从他房中走到客厅，走到我身边坐下来，把大手掌放在我的手上："妈妈我想告诉你，我拍拖了，她是C，其实我没什么要对你隐瞒的，我只是等会考放了榜，让你安心了，不用担心我会因约会而分心，才到现在告诉你，明天我会正式介绍她给你认识，你不用不开心。"他像有透视眼，看透老妈的脑袋。

C是他同学，我早已认识，儿子坚持要正式以她是女朋友身份介绍给我认识，他觉得是对我和C的尊重。

翌日下午，我正在书房赶稿，他与C来我们家，门铃响，我特地整理了一下衣装仪容才出去招呼。儿子尊重我，我尊重他女友，跟C像初相识般握手，气氛怪怪，我匆匆返回书房埋首稿件。

C是个慧黠的女生，品学兼优，会考成绩比儿子棒，斯文有礼，开朗健谈，爱笑，有思想，有见地，有教养，儿子有这样的女朋友，近朱者赤，不用费神担心。

当时儿子16岁，从幼儿园至中学毕业，不曾要过一块钱零用钱，他的零用钱来自农历新年得到的红包和长辈送他的买玩具钱，全数锁在只有他知道密码的小保险箱里，他独自管理，怎样花，我和丈夫从不过问，反正他年年有余，可是宣布拍拖后，他开始入不敷出，问我和丈夫要零用钱。他解释："我们出去都是各自负担自己的消费，但因出外吃饭次数多了，所以花多了。"

上天又给了我一个好机会教他理财，我告诉他凡事得有个预算，叮嘱他定下每月零用钱数目，之后他到美国升学，理财概念就是根据这次的速成。

经过小心盘算，他要求："每四个星期（国际学校准确地将'每月'以'每4个星期'代替），我需要2000港元和充值卡充值500港元，即每四个星期需要2500港元。"我跟他约定，无需"多除"，但无"少补"，即不够用就得减少消费，有剩余还可作私房钱留为后用。儿子答应，一点也不担心他会缺钱，因有他豪爽的爸爸在他身边，自会静静给他补贴。我提醒丈夫疼爱跟纵容只一线之差。

儿子要求的零用钱尚算合理，叫我绝不能容忍的是上学迟到，自他入学以来从未发生过的。

学校校规极严，学生上学，要在大门入口刷卡，留下计算机记录，谁迟到或缺席，一目了然，学校会马上发电邮给家长询问该学生迟到或缺课的原因。

我每天比儿子早45分钟出门上班，不能亲自叫他起床敦促他出门，要靠他自己管理时间。高中新学期开始，接二连三地约早上十时多便收到学校电邮，称儿子缺课，事前没有告假，来查询原因。我马上短信儿子，他称正在上课，只是回校时大意忘记刷卡报到，称会在小休时到校务处解释。

由于不断重复忘记刷卡，不似儿子性格，我觉得事有蹊跷，于是问负责接载他上学放学的司机，他说儿子比平时迟了约20分钟出门，交通开始繁忙，故迟到了好几次。

盛怒难遏，当晚质询儿子迟到的原因，他坦白因为赖床。

常说当有人不守规矩时，便需要订立规则来监管，我规定他每天起床打电话给我，司机送他抵达学校时，致电给我，如再迟到，他要自己打车上学，被剥夺使用司机的权利，因他太有准时的条件了。

然后陈以厉害，准时的重要性——迟到次数多，会影响操行分数及老师对他的印象分，虽然他会考成绩优秀，但屡次迟到对他考入心仪大学会造成障碍，为了多睡十来分钟而将多年努力白费，值得吗？

造成他怠懒的主要原因，是会考获得好成绩，人有点飘飘然，骄傲所致。

过了不久，他不只不迟到，还要求提早一小时，在清晨六时出门上学，原来他女朋友C要竞选学生会主席，要跟另外几个竞选团竞争，儿子加入了助选团，要大清早回校门外派发传单拉票，儿子非常投入，发挥他的设计天分，为团队设计制服T恤，向来寡言的他开始有谈兴了，态度更积极开朗，充满正能量。

我问他学生会的主要功能是什么？他说："为同学谋福利，你看球场旁边那个汽水机就是上届学生会建议学校增设的，学校听取意见后，会作评核，觉得要求合理及有需要便会实行，学生会替同学发声，是学校与同学间的桥梁。"这是学习民主很好的基本训练，可以让他们学会在合情、合理、合法的情况下提出方案。

C对儿子起了正面的作用。

他煮人生第一道菜

儿子为送给C一个惊喜的生日晚餐，烹煮人生第一道菜：焗鸡。

他打算在C生日的晚上，在家中露台与C烛光晚餐，主菜焗鸡，由他亲自出马，他特地提早几天要女佣教他，我和丈夫不需他言明，自动自觉避席，两老在外面晚膳。

我们比他更兴奋、更紧张，替他选定台布颜色，购买配色的洋烛台和洋烛，又应他要求送他俩一支香槟，儿子买了小礼物和一朵C喜欢的太阳花，并着手布置餐桌，我和丈夫从未在家中临河的露台吃烛光晚餐，初夏，夜凉如风，两岸万家灯火倒映河上，金光翩翩起舞，飘逸宁静，烛影摇曳，是那么浪漫。

两小无猜在家中晚餐比在外面安全，不用担心交通和治安。

亲友中自有嗜好指点别人生活的人，送来温馨警告，认为这样的场景气氛孤男寡女容易出事，倒不担心，家中有女佣招呼他们，信任自己，也信任他，这些年给他打的底子，足以应付情到浓时的冲动。

他念初中时，与他到闹市去逛街买球鞋，忽然他双手掩着裤裆中间，低着头，异常尴尬，问他何事，他说："不知道为什么，最近当我看到衣着性感的女孩子，便会有反应，令我不知所措。"他用食指示范生理反应，我忍着笑，先替他在附近找洗手间，给他点私人空间处理一下生理反应。

待他妥善处理一切后，我跟他说："你的反应很正常，不用害怕，你要学会的是懂得控制，不是见到任何着装性感的女性都有反应，而是对自己喜欢的女性才有反应，并且又能克制生理上的反应。能够做到的话，你就是一个真正成熟的男人。"

要跟儿子讲一些大道理，不会煞有介事地召开家庭会议，因用由上而下的方式更有可能激化抵抗情绪。我通常会抓住日常生活发生的琐事旁敲侧击，令他觉得有需要知道，不会认为事不关己，听不进去。

学校也有不少功劳，在小学五、六年级时，会播放一部性教育短片给他们观看，内容详细剖析男女成长发育中身体出现的不同变化，解释什么是性行为，为何女性会怀孕，信息十分正面，全级同学观看后，学校会邀请家长去看同一短片，学生不会在场，目的是让家长知道子女们接受了什么性知识。

我从不避讳跟儿子谈"性"的话题，他在未长出体毛前，在家不论大小便都不会关厕所门，有时甚至要我陪，逼我闻臭臭，但到了小学五年级，他身高刚超过了我后，如厕、洗澡不单关门，还要上锁。我跟他说："你身体有什么部位我没见过的，不要故作神秘了。"他昂起大头，自豪地说："你没见过这么壮观的！"看，他们什么都懂。

作为大人，脑袋要干净一点，勿硬将事情无限想象，并宣之于口，后果必定是适得其反，与其说是预防，不如说更像是曲线提醒："你们这个年龄发生这种事，太普遍了，你不会是例外吧？"无形中逼他们随波逐流，改变自己以示追上潮流，而最致命的是让他们感觉受到了侮辱，造成难以弥补的伤害。

孩子心智未成熟前，易受大人说话支配，大人说他乖，他会更乖，说他顽皮，他会愈发顽皮透顶。

那个晚上，儿子跟C在家中露台享受了一顿美味、恬闲、温馨的晚餐，我跟丈夫在外吃馆子吃得很安心，收到女佣通风报信指他们已吃罢晚餐，正在看电视，我们才施施然回家。

开启家里大门时，他们正在客厅看电视，言笑晏晏，送给他们佐膳的香槟，才喝了三分之一瓶，两人全无醉意，好事的亲友们想多了。

他 失 恋 了

在第11班①的中学文凭试上取得优异成绩，儿子知道有所交代，往后念预科两年期间，拍拖落落大方，C会来参加我们的家庭聚会，儿子也会出席她家的活动。

完成第13班②，真正告别中学生涯，各奔前程的日子来临。学校举行毕业典礼，C以学生会主席身份向所有毕业生和家长致辞，淡定伶俐，有凝聚力，具大将之风，我在台下拍下了整个演讲。

毕业典礼后，是盛大的毕业舞会，儿子早就度身订造了一套宝蓝色西装，他

---

① 第11班：指中学11年级，相当于内地的高中二年级。
② 第13班：指预科班。

在舞会前一天跟我说："妈，可以给我找一家花店，订一对襟花吗？那是舞会的规定，每对男女朋友都要戴相同的襟花。"

我致电相熟的花店，向老板说明来意，然后把电话交给儿子拍板决定，他说："你好，多谢你答应帮忙，我跟我女朋友都是穿宝蓝色衣服，她很喜欢茉莉花……噢，茉莉花离开水一小时便变咖啡色，不好看，用红掌比较好？多谢你的提议，就用红掌吧。好。我准时来取，谢谢。"

听到他说 "我女朋友"，我跟丈夫相视而笑，眼眶却充满泪水，因为儿子不再是傻乎乎的毛毛头而有所触动？还是高兴儿子像个成年男人为自己及女友打点一切？事事必定要弄清楚答案的我，也实在搞不清那复杂的心情。

C也决定赴美国升学，报考的大学，却没一家跟儿子相同，他们都是理智型，各自因应自己所选学科来选最适合的大学。

获不同大学录取的好消息陆续传来，C和儿子都几乎百发百中，C选了波士顿一家著名学府，儿子也获另一家波士顿名大学录取，但他决定入读加州的大学，宁愿与女友分隔两地，理由是 "我选读的学科在加州这家大学，于美国排名三甲，要念当然是念最好的。" 感激儿子没感情用事，学业为重。

展开美国大学新一页前，儿子跟我约定，每年飞去波士顿探望女友，我没反对，条件是 "大一上学期获得好成绩，下学期才可去探望C，因为到了美国首几个月，应先好好适应环境，习惯大学生活，一切上了轨道后，才分身做其他事。"儿子允诺。

在美国期间，和儿子惯用"WhatsApp"互通消息，开学两个月后，儿子透露与C感情出现问题，要求买机票飞波士顿跟她见面。这是儿子抵美后，我首次打长途电话给他，结果吵得面红耳赤。

"你答应每年给我一张机票飞波士顿探望C的。" 千里迢迢，透过电话也听得出他是热锅上的蚂蚁。

"说好了，是在大一下学期，现在才10月，尚有两个月才完成上学期。"

"我预支！" 他急了。

"不，承诺就是承诺，尚有10个星期你们便放圣诞假返香港，到时便可见面了。"

"你反口，你答应了我的！"

"我答应大一下学期，不是上学期。"寸步不让。

"上学期跟下学期有什么分别？！"

"有，你先要交出上学期的成绩表，成绩好下学期才可以去。"

与儿子你一言我一语，气氛越来越紧张，他人在外地，要安慰他要帮他，都鞭长莫及，我先缓和气氛："你让妈妈先想想怎样安排，我们先挂线，十分钟后我再打电话给你。"

争论只会令我们关系紧张，更激发儿子的冲动，我有多方面的顾虑，底线是让儿子知道承诺是要信守的，作为一个有担当的男人，这点很重要；另外是安全考虑，他才刚到美国，从未去过波士顿，人生路不熟，只身飞去，想起交通住宿等问题，叫万里之外的我担心不已，还有如果C的朋友不欢迎他，给他麻烦，他性格温纯，应付得来吗？

忽然灵机一动，想出解决办法，立即致电心焦如焚的儿子，从不爱接妈妈电话的他，电话铃只响了一下便接听："你们大学是不是有专门供学生访客住宿的地方，像小旅馆，要付房租的？"儿子答"是"。

"我觉得为表示你的诚意，你送份小礼物给C，买一张机票，请她从波士顿来罗省（洛杉矶），你熟悉罗省环境，可给她带路，相较你去波士顿要靠C主导更有男子气，而且她来罗省又可远离她的一班新朋友，不会打扰你们相处，你觉得这样的安排是否比较合适？"

别说年轻人，成人也会气上头来，稍稍给他一点时间，把冲动消化，头脑会清醒些，会改变主意及有新想法。

C是个有教养的女生，她婉拒这份小礼物，她说要飞罗省的话，她会自己买机票，或待家人有空与她同往，这叫我更欣赏C，有性格有品位。

这通电话后，儿子没再跟我提及感情问题，一切恢复正常，我装着随意，问事情是否解决了，儿子没正面回答，我也就识趣，不再寻根问底。

转眼圣诞节长假到了，儿子首次离家这么长时间，事先为他打扫干净房间，换上全新的枕套、被套、床单，备齐他喜欢的食物，清晨五时多，亲自驾着七人车往机场接他。

他步出禁区，四个月不见，瘦了一圈，双颊微陷，精神却不错，他拥我入怀，胸膛的肌肉没离港前结实，我们紧紧拥抱了一会儿，千言万语，尽在不言中。

儿子自拍拖后，不只不再抗拒妈妈在街上挽着他臂弯，有时他还会很关怀地搭着我的肩膀，又让我搂着他的腰，像对情侣在街上穿梭，说话的语气少了八分酷与倔，多了三分温柔。爱情令他变得温暖，释放出内心的真我，恋爱让他明白怎样去爱，如何去表达爱意。

"你跟C怎样了"的问题一直挂在唇边，没敢问出来。

儿子返港前，答应带他去几家新开的餐厅，每晚吃一家。我装作不经意问："C回来过圣诞吗？请她一起来试试新餐厅。" 儿子知道她的归期，说会邀请她，两人仍保持密切联络，似是恢复风平浪静了。

元旦过后几天，儿子在房中跟爸爸说："我们分手了。"神情哀伤，丈夫紧紧环抱着他，两父子默然，之后细语一番，丈夫上班去了。

有人问，儿子先将分手的事，告诉丈夫而不是我，我会吃醋吗？

怎会？ 虽然我的工作性质是要事事抢先独家报道，但这是家人的事，儿子肯向爸爸倾诉心事，觉得爸爸能帮到他，我反而觉得安心，两夫妻争宠只会令儿子觉得为难，增加他的心理负担，结果什么都不作透露，岂不更坏？保持沟通才是大前提。

丈夫上班去了，家中只有我和儿子，我走到儿子身旁说："妈妈都知道了。"儿子的大头跌入我怀中，背部抽动，越来越急促，我轻拍他消瘦宽横的背，没说话。有时候，不语比说话更具能量。

心情平复后，他跟我说了一番成熟得叫我感动的话："When two are apart, they can only keep friendship but not relationship（当两人分隔两

地，他们只可以保持朋友关系，而不是情侣关系）。"

他们双方经过详细讨论，协议和平分手，儿子让C先提出，他知道女生爱面子，由她主导她会比较舒心，他们约定各自将分手消息通知家人及朋友，避免尴尬。

欣赏儿子的风度，还有他和C的理性、智慧和文明。

跟他说："10年、20年后，当你回想今日的决定和处理方法，你会感到自豪，我和爸爸都很安慰，你那么懂事。"话未毕已哽咽。

我把往后几天的应酬约会尽量推掉，腾出时间，让儿子什么时候需要人陪伴倾谈，妈妈都能随叫随到。

那几天很宝贵，他跟我讨论了很多人生观点、男女间的矛盾和前途问题，母子关系更为紧密。

他叫我安心："我想通了，这几年我不再拍拖，专心一意地念书，我要在毕业时取得好成绩，叫所有人以我为荣，到时如果我对C还有感觉，才再重新追求她，现在保持朋友关系比较合适。"

百分百相信那一刻儿子真心这么想，自己也年轻过，也曾失恋，也曾做这样的决定，更曾发誓不再恋爱，甚至独身到老，可是在适当的时候遇上对的人，缘分来敲门又怎能抗拒？所以我跟儿子说："谈恋爱与否是次要，把书念好才最为重要。"

晚上跟他吃饭，打算请他喝香槟放松一下，他摇头："我不可以喝香槟，每次喝我都会想起C，想起她，会想哭。"失恋的苦涩记忆，连接味蕾，从此他与香槟绝缘，直至他再拍拖，也抗拒香槟。

他们分手后几天，一个中午，跟儿子喝广东茶、吃点心，他事先说明饭后约了旧同学聚会，后来听了通电话皱了皱眉头问我："他们打来通知我，C刚出现在聚会上。"

"有问题吗？"

"你说我应不应该去？"

"你要考虑的是什么？"

"我们分手后已经常在不同的聚会碰面，我不想其他人误会我们又在一起，最怕是她误会我是刻意要见她，目的是希望复合，我觉得不应该有这样的误会。"

"你的忧虑成立，不过你只需在这段比较敏感的时候，稍为避嫌便足够，无需一直避下去。"

此时他的电话又响起，同学来通报，C只是路过，已经走了，儿子于是动身去聚会。

乐见儿子会考虑得这么周详，他自少警觉性很高，他念的小学属全日制，小学三年级时，一日他放学回家，吃了很多东西，怀疑他为省下买午餐的十元，中午没在学校小食部买盒饭。却原来是他排队买饭时，不小心将十元硬币跌落地上，硬币一直滚至一个女同学脚边才停下来，女同学穿短裙，他怕俯身去拾，会被误会偷看裙底，此时另一女同学将硬币拾去，他也不去追索，原因是硬币无标记是属于谁的，结果有可能引起一轮争辩仍拿不回十元，因此他宁愿挨饿。年纪小小他已明白，有些事情是有理说不清的。

圣诞节假期完毕，他要返美国开学，C一直没与我和丈夫见面，直至六个月后的暑假。

儿子暑假再次回港，我提议请他和几个要好的旧同学吃日本料理，儿子问是否可以请C来参加？我和丈夫表示热烈欢迎。

当晚C大方出现，如昔爽朗跟我们打招呼，不像从前与儿子并肩坐，两人分开坐，如朋友般交谈，其他同学没因C的参与表示奇怪，经过六个月的分隔，他们自己及身边的朋友都接受了他们分手的事实，可以毫无芥蒂，言笑晏晏地一起晚饭。

暑假光速般完结，又是各自回去上学的时候，C走的那一天，儿子跟一班旧同学替她饯行，并亲自送她去乘机场快车往机场。

他们正式恢复朋友关系，不再避嫌，再见亦是朋友。

跟压力跳探戈

跟压力跳探戈

　　"压力"，我最讨厌的名词。千禧年开始，压力成为都市病，传染速度比流感快，未搞清楚压力是圆是扁，人人将压力挂口边，随口说"压力大"，为"压力"而有压力，没压力就是追不上潮流，压力变成办事不力的理由、理所当然的脾气、博取同情的工具、强说愁的借口。痛恨"压力"，将之在我家字典删除，工作做不完就是做不完，是能力效率问题，不会诉诸压力，累了就是累了，不会说因为压力所以特别累，忙透了会减少应酬、吃顿美食奖励自己，或睡至自然醒，不会鸡毛蒜皮小事也诿过于压力。

　　太喜欢压力，无时无刻记挂压力，压力不单随传随到，还会不请自来，常伴左右。

　　儿子出世以来，从未听过爸爸妈妈提过有压力，遇上学校功课多，不会率

先替他担忧抱怨 "太多功课，怎做得完"，而是提醒他做好时间管理。他生病或台风袭港被迫停课，不会替他庆幸说 "太好了，无端可以赚了一天假期"，令他觉得上学辛苦，感到辛苦会衍生压力，足球比赛或考试前夕，不会多此一问 "紧张吗？" "有压力吗？" 那是招惹压力的药引，我会替他打气："明天终于可以一展所长了。"

以为在重重防备下，他压力先天性免疫，不会成为压力带菌者，没想到，10岁时，他竟备受压力困扰，说"我有压力"！

升读初中，儿子由温驯的大头羔羊变成一触即发的小型炸弹，笑容消失，五官时刻绷紧，你说圆，他说方，固执己见，每次张嘴说话都喷出火药味，像预备随时驳火，吵一场大架，完全变了另一个人，全是踏入反叛青春期的征兆。

随着日子，变本加厉，我的容忍力爆点低，跟他各不相让地大吵了几次，锥心得哭了起来，他才肯罢休，不再争辩下去。

就在这时候，他生病了，打破母子间的冷战。我带他去看医生，他头痛，替他按摩大头，回家车程上，又因小事吵起来，我气愤地说："你怎会变成这样！"

他忽然双眼通红，拉起我的右手，如三明治夹在他两只长得比我手大的手掌中，说："妈妈，对不起，我知道这阵子我经常发脾气，问题在我身上，是我不对，却难以控制情绪，可能是快将大考，压力很大，才会这样。"

然后他跟我检讨刚才爆发的争拗："刚才是因为你讲了那句冤枉我的话，我才会反驳你，后来你说清楚，我才知道是我未有交代清楚事情才令你误会，即是我犯错在先，你为此大发脾气，而不是跟我说清楚，是你不对，我们一比一打和。刚才我反驳你的时候态度恶劣，我又多犯一个错，但你骂我也骂得很凶狠，即是你亦多了一个不是，这样我们打和了。妈妈，让我们都冷静下来，不要再为小事吵架了。"他心平气和，我也缓和了态度。

回到他的压力问题上。

"明白大考在即，难免紧张，觉得有压力也是应该的，我们得把问题解决，先问自己，为什么感觉有压力？"

"今次大考成绩很重要，紧张也是很正常。"

"开始复习没有？"

"开始了，我还定了一个复习时间表给自己。"

"复习时有没有遇上困难，例如有些科目需要补习吗？"

"没有。"

"你对自己有信心吗？"

"有。"

"你觉得把书读好是不是应该？"

"是。"

"你是不是已经尽力？"

"当然。"

"你认为紧张和压力，会不会帮你把书读得更好、考得更好的成绩？"

"怎么可能？"

"你答出问题的症结所在，你在做你应做和需做的事情，有信心，尽了力，根本不用紧张和觉得有压力。负面情绪只会吓怕你，影响你考试表现，快将它们删除，将紧张和受压的精力转移，想想有没有漏读一些课题、怎样可以考得更好、大考完第一件事会做什么、吃什么。"

"妈妈明白很多人爱讲压力，甚至会把事情结果好坏推给压力，但既然压力帮不上忙，我们便忘记压力。"

"你曾来电台看我做节目的情况，像不像在打仗？我走在街上，陌生人会叫我的名字，跟我招呼拍照，那些是透过节目认识我，因而喜欢我的读者和听众。如果节目内容欠吸引，我表现不佳，他们会离弃我，所以每天做节目、写稿都是一场大考，你有见过妈妈愁坐家中，说因为紧张和压力吃不下睡不着吗？没有，因为妈妈知道那是应该做的事情，而且我做足准备和尽了力。"

"压力一直与我们并存，如果不将它化解，还将它放大，它会变成怪兽威胁着你，记着驱赶压力怪兽的方法是问自己：'这是我应该做的事情吗？'如果觉得仍赶不走它，告诉妈妈，我们联手踢走它。"

从不否定儿子的感受和看法，一句"根本没有压力这回事"，他会后悔"找错人倾诉"，随即关上沟通大门，也不会质疑他是不是为自己铺后路，考不到好成绩，可借压力做借口，诚信受到质疑，对孩子伤害很大，连父母也不相信他，会逼他选择做一个不诚实的人。

往后几年，儿子没有再提压力，赶功课应付测验考试会编排好时间表，考试期间变得寡言，沉着应战，有时会挨通宵，帮他的方法是煲点清润汤水给他下火。

直至第11班，要考公开试，成绩好坏直接影响投考著名学府机会，脾气又变坏了，他表明："我感到有压力。"距考试日期尚有大半年。

"面对这么重要的考试，有压力是必然的，想到怎样解决吗？"

"这两天，我会计划好一个读书时间表，然后开始逐科复习，临近考试又再复习。"

"这个安排不错，应该会有不错的效果。"给他信心。

读书时间表出台了，叫他电邮给我做记录，他说不能电邮，他捧着手提计算机放我面前，在日子上点击一下，时间表便弹出来。"你的旧式计算机没有这个软件，看不到的。"

经过一番苦读，他考取了好成绩，顺利地到了他理想的大学去升读，以为从此他跟压力成陌路，可是在升读大三的暑假，去美国探望他时，他在开学当天向我咆哮："你知不知道面对开学，有多大压力！"

压力从没离开过他，有待人生历练替他删除压力，暂时先跟压力跳探戈，随着成长乐章翩翩起舞。

过 山 车

小小年纪，儿子已爱玩过山车，由香港海洋公园的低度刺激过山车，到美国环球片场从悬空几乎垂直冲下十米，再高速大回环滑行带来离心状态的过山车，他都玩。我自问心脏负担不来，都由年轻的保姆代陪他玩。

毛毛头问："妈妈为何你不玩过山车？"

"妈妈每天都在玩过山车。"我随口说出了真感受。

"在哪里？"

"电台。"

"电台有过山车吗？"毛毛头奇怪瞪大眼睛。

"有。"不期然露出自嘲微笑。

"太令人羡慕了。"毛毛头信以为真，几岁的他未明白"每天都在玩过山车"背后的意思。

在电台主持娱乐评论节目，外行人以为不过是八卦艺人消息，很容易，就因为信息发达，艺人娱乐消息俯拾皆是，更要完全消化事件的性质，拿捏角度独到精准，用字遣词要精准有趣，因此事前准备工夫繁复，节目现场直播，话出了口收不回来，实时要找到有关艺人作回应，节目时段在早上，很多时候要吵醒艺人，或透过经理人、助手的重重关卡安排，才联系上。

能否在节目直播的两小时内找到新闻人物回应，要靠累积的信誉加上运气，随时在直播前两三分钟才找到当事人，便要脑筋急转弯，考验应变能力，立即变阵，不论多忙乱、内心多么焦虑，要应付不同变量，仍要指挥若定，给监制和幕后团队清晰的指示，口在做直播，手则在写指示给控制员及监制，一脑多用，声线却要保持平稳，不可以让听众感受到主持人很慌张，引起不安，影响节目质量。

做节目是"乘零游戏"，团队中人人做足一百分，只要一个人犯些微低级错误，就等如100×0 = 0，拖垮当天的节目，就算错不在我也要一力承担，听众的赞赏和评弹都只会落在"查小欣"三个字上。

邀艺人做直播专访，绝非想象般简单轻松随意，纸媒和电子传媒都有太多艺人专访栏目，形形色色，专访要出彩，要做大量资料搜集，准备坊间有兴趣而其他传媒未问过的题目，聚精会神聆听艺人答案，鉴貌辨色，随机发问，能否得到独家精彩的答案，还得看艺人的状态和心情。

17年的广播事业中，也遇过几次艺人直播迟到及失场的情况，脑袋里马上转出100个急救方案，做完节目后，不单我个人，整个团队都感虚脱，我会万岁（请大家吃一顿丰盛午餐），作慰劳和表谢意。

天天和时间竞赛，要在最短时间内，给观众最新、最快的娱乐信息，这个环节接通电话给刚为人母的艺人，喜气洋洋，紧接着的环节有艺人来电哭诉丈夫有小三决定离婚，忽然又传来有艺人往生的消息，得去求证。列举的例子可能有点极端，却真实反映在节目进行时段内，个人的心情和情绪，起伏跌宕幅度可以是这分钟天堂，下分钟地狱，做完节目，就如9.9秒跑完100米，脑力和体力耗尽。

当有记者来到电台公关部，要求重听当天节目，边听边做笔记时，不禁笑了，因为这表示纸媒、甚至电视台的节目都会引述我的专访，满足感赶走所有委屈疲劳，这就是当天赢得的奖牌。

节目获回响，对得起听众，对得起电台，对得起广告客户。

这是场谢绝自满的竞赛，天天举行，今天赢了，不代表明天会赢，明天又要应战，稍一不慎，直播一句失言，就会招来投诉、责骂、批评，一过抹全功，"乘零"效应，分秒不容有失。

电台这座过山车惊险、刺激、具挑战性，天天转轨道，能承受高压的人会觉得好玩，难承受压力的话，早就走了。

几乎每个来采访的记者都必定问：你如何减压？

答案是：工作，用工作替工作减压。

"减压"一词，是为迎合"压力"话题才用上，我基本上是个"压力盲"，感受不到压力，只感恩工作带给我不错的生活和满足感。

各施各法，人人减压方法不同，有人用听音乐，有人看书、看电影、吃东西、购物、哭、运动、饮酒、倾诉、旅游来舒缓压力，我所用方法是全副精神集中工作，盘算怎么把工作完成，做到最好。

朋友感到有压力时，我会建议他先问自己："我现在做的事情是否应该做的？"就如主妇煮饭给家人吃，她会视为常务，再辛苦再忙她也要为家人准备一顿饭，不会觉得有压力，因为她爱家人，希望他们下班放学后，吃到她煮的饭菜，得到温饱，补充体力，疲劳尽消。

如果懂得与压力跳探戈，将压力转化成推动力，往往会有更好的表现。

跳探戈的口诀是：你进我退，保持优雅，才不会踩痛对方的脚。我跳压力探戈的方法是"尽力工作，尽情玩耍"（work hard，play hard）。工作排山倒海时，会用玩耍心态（是心态不是态度）应付，喻工作于玩耍，将压力化整为零。

为什么吸毒？

朋友知道我送儿子入读国际学校，纷纷提出警告：国际学校不派功课，学生比较散漫，孩子会变得洋化，将来不叫你妈，直呼你的名字；国际学校的学生比较坏，他们通常都会染上毒瘾，把国际学校形容成培养坏孩子的温床。那是20世纪90年代，外界普遍对国际学校的错误印象。

不担心学校功课少，因为每星期有三天，儿子放学后要另上中文课，中文老师会给他习作，要他默书，根本没时间散漫，而事实上，自小一开始，儿子学校功课已经很忙。

儿子洋化的是生活习惯，对长辈仍是毕恭毕敬。

青少年吸毒，理由多半是感到压力太大、对现实不满、感觉无人关心，借吸毒减压，麻醉自己。

怎样跟6岁的儿子硬生生煞有介事地讲吸毒问题，在他思想上布下防毒保护罩？"警告""唬吓""严禁"不管用的，要等一个适当时机，很自然地提起，才能起潜移默化的作用。

他7岁的暑假，带他到加拿大温哥华小住一个月，时间充裕，与他闲逛市中心，当地有家大型连锁日用品店叫London Drugs（伦敦药店），儿子看着偌大的招牌问："这里是卖毒品的吗？"

我心头一震："为什么这样问？"

"毒品不是叫Drugs吗？它的店名叫Drugs。"

"Drugs是药物的意思，有些毒品是违禁药，所以泛称毒品作Drugs，所以当别人说take drugs不一定代表服药，可能是指吸毒，要小心分清楚。"

"为什么有些人要吸毒？"

"有些人说因为不开心，有些人说压力很大，但他们根本连压力是什么也不知道，有些人说……总之他们有很多不同借口，目的只有一个，就是将吸毒合理化。"

"吸毒后有什么感觉？"

"我跟一些吸过毒的人做过访问，例如食摇头丸，他们说吃了后，头会失控的左摇右摇，想点头也点不了，一个人连自己的头颅也控制不了，你可以想象有多恐怖，其他如吃了可卡因、大麻、迷幻药后，就连自己做什么也不知道，完全失控，甚至自己伤害自己，很坏很糟糕。"

"我也问过医生，知道吸毒会杀死人的脑细胞，人的脑细胞死了是不会重生的，后遗症很多，例如记性差，记性差会影响学业、事业和日常生活，反应迟钝，手足不协调，做不了运动；吸毒还会破坏鼻腔组织，肾功能也会受损，经常要去洗手间，还有很多坏处，这些几乎是普通常识，偏偏有些人贪玩，受不住毒贩引诱染上毒瘾，身体健康变差，失去斗志；被毒品支配，为吸毒不惜偷钱，人人都怕了他们，不再跟他们做朋友。"

毛毛头细心聆听完这番话，他望着蔚蓝的悬着几片白云的天空说："他们真傻，只要每天早上起来，见到太阳已经可以很开心。"

我笑："偶尔洒雨也无妨，可以将空气洗涤清新，滋润一下草木。"

跟他手牵手走进London Drugs买饮品和日用品去。

深宵骑单车

地 域 阶 级

为有个清静的环境，晚上入梦不会被不耐烦的汽车喇叭骚扰，半夜也不要听到缺公德路人在街上喧闹，及早上起来能吸一口悬浮粒子较少的空气，在儿子进入高中不久，我家从闹市搬到新界去。

香港虽是弹丸之地，但香港人潜意识里有地域阶级观念。

香港由香港岛、九龙及新界组成，港岛区被认为是最高级、九龙居次、新界是老土乡下，观念根深蒂固。

事实上，港岛也有复杂残破的旧区，而新界不少豪宅和独立屋的房价与港岛豪宅也不相伯仲。

地域阶级的形成，源于早期殖民统治下的香港，白人是一等公民，有资格住山顶区，并将山顶区列为清一色白人高级住宅区，高高在上，华人不得入住。破禁的是20世纪40、50年代的华人首富——何东。何东是葡萄牙和中国混血儿，身份备受歧视，因事业有成，受到尊重，遂向政府发挥影响力，争取废除禁令，成为入住山顶的首位华人。

现世代，年轻人对社会不满，表达方法是抗议示威，而不是效法何东，自强不息，赋予自己议价能力，对社会发挥影响力，从而争取公义，为弱势群体发声。用正面的手法去争取，而非用破坏社会安宁、和谐的负面行为去叫嚣，才能取得持之以恒的效果。

儿子的学校位于港岛中半山，搬家后，他要提早半小时出门上学，回报是鼻敏感有好转，用药的次数逐渐减少。

搬家安顿后，他如常邀请同学来家里聚会和留宿，其中一个已身高约2米的好同学W，家境富裕，住山顶独立屋，本来已答应跟其他几个好同学来新居吃饭留宿，临时收到通知说不能来，因妈妈不批准，他复述妈妈的话："不要去，新界区坏人多、环境差，那些人比较粗鲁，所以我甚少去新界就是这个原因。"

人们都愿意百分百相信一知半解的事，不求证便妄下结论，将错误观念传递给下一代，导致社会分化。

我问儿子可有为这番话不开心，担心他因而感到自卑。

"没有。他妈妈不了解情况而已，不要紧，W早晚会知道事实不是他妈妈所说般。"

儿子的豁达明理令我惭愧，是因为我有地域阶级概念，萌生了隐性自卑感，以对W妈妈的话过度敏感，偏向相信她歧视新界住民，其实她是出于一般母亲关心儿子安全的本能反应，是我想多了。

儿子是一张白纸，同时是一面照妖镜，照到我心灵深处所潜藏，由很多不快经历累积成的阴谋论，为避免受伤害，自我保护机制一触即发。

娱乐记者的身份屡遭歧视，首个打击，是遭中学莫逆之交嫌弃，觉得失礼她，因而疏远。

在社交场合会遇上冷言冷语，初出道时，朋友邀游船河，与一班素未谋面的陌生人聊天，都是刚离开学校的年纪，各人自我介绍，他们报上名字后，便炫耀学历：香港大学法律系毕业现职见习律师，中文大学工商管理系毕业，在大机构任行政助理，位位都是大学毕业，找到份不错职业，轮到我发言：

"我是《香港周刊》采访主任。"

他们六七个人的眼睛如探照灯全射向我，由头到脚打量我，表情各异，没一个是友善的。像小孩扮大人穿上西装结领带的见习律师，朝我报以一个轻蔑眼神："哦，你就是那些专躲在人家床底下，揭人隐私的娱乐记者！"

不甘示弱，一脸鄙视地回敬他，"你就是那些知法犯法、颠倒是非、专门钻法律灰色地带，为了钱，替犯法的人脱罪的所谓律师。"

他发难："你说什么？我可以告你诽谤。"

"我又何尝不可以告你诽谤！"

最后由主人家出面打圆场。

从小学开始，学校会教导职业无分贵贱，但有人观念一直未能改变，文明社会仍存在阶级分别。漠视了行行出状元，任何行业有专业优才，也有混饭吃的办公室行尸，优越感不是来自薪金多寡、职位高低和行业尊贵度，应是来自个人工作表现，律师也有出色与水兵之别。受过高等教育的人，还戴有色眼镜看人，额外令人讨厌。

任何事情都可以忍让，对歧视则半步不让，誓要捍卫个人及行业的尊严。

深宵骑单车

儿子同学多居于港岛区，到新界路途比较远，车费较为高昂，加上他们不熟路，我主动提出接送他们来我们家。

看到我们家周围环境宁静，视野开阔，窗外河畔一片翠绿，鸟儿清脆唱咏，雪白的海鸥低飞在水面觅食，天气酷热，河中鱼儿会跳上水面凉快一下，阳光满屋、生气勃勃的景象，他们都很喜欢，彻底改变对新界的偏见，几乎每个星期都来度周末，我像多了几个儿子，家变成他们的周末俱乐部。

W从同学口中得悉，我们家跟妈妈所形容的天差地别，他将实际情况告诉妈妈，并要求来我们家留宿，终获批准。

几个大男孩，节目简单，大部分时间都在客厅对垒打游戏，到附近商场闲逛吃地道小吃，到戏院看电影，晚饭必定回来踞案大嚼为他们准备的煎鸡翼、牛扒、意大利面、薯茸和菜，吃饱肚子稍作休息，轮到重头节目，深宵骑单车。

邻居很多子女就读附近学校，上学放学以单车代步，大厦为此设有大量单车泊位，列成单车阵，市区大厦不会有这类设施。

为方便到附近便利店买报纸、超市购物，家中每人添置一部单车，连同女佣在内，共有四部。

儿子和同学习惯晚饭后，踏单车至凌晨二三时，来回骑行约二十多公里，汗流浃背，消耗尽全日仅余精力，回到家，洗个澡倒头呼呼大睡。

为何不阻止他们？不怕他们借骑单车为名，其实是趁机去吸烟饮酒吗？不怕深夜在街上骑单车有危险吗？

首先，安全不是阻止的理由，因区内治安良好，他们身上都有手机随时保持联络，加上他们不是与车争路在公路上骑，而是用单车专用径，周末晚上有很多同道人，单车径上非常热闹。

谁个那些年没轻狂过，会偷偷抽支香烟，难道不让他们深宵骑单车，他们就不会去试？重点是要让他们明白，抽烟喝酒是他们反叛范围的极限，越过这条线，如吸毒，就是犯法。

以为禁止，事情就不会发生，是天真的想法，我不会自欺欺人，也不会凭主观推断将好端端的骑单车活动阴谋化，在思想上冤枉他们。

用积极正面的角度看，四个大男孩骑着单车潇洒在河畔漫游，劲头来了，来个短途赛；争口舌便宜，嘻嘻哈哈笑作一团；累了，或坐或卧在河堤上，享受夏夜的凉风，欣赏冬夜的星空，谈理想讲将来，交换一下少男心事，为无忧无虑的青葱岁月，写下友情的一页，编成赤子心的愉快回忆。聚散有时，将来步入壮年、中年、老年叙旧，记起一段段无聊的话题、傻呼呼的行径，重复百次千次，都会笑作一团。

到现在，鼻子闻到青草气味，我在高中时代跟同学到野外露营的情景便会浮现眼前，乘公交车，接驳渡轮，远足一个多小时，走进东涌深山，在小溪旁边的草地倚水扎营，用橙色尼龙绳围起营区，分工合作扎几个帐篷，有人捡石头、柴枝搭起营火炉灶，我负责分配物资，到小溪去取清水煮饭、煲甜汤，晚上开烧烤会，整条烤鱼的香味至今还萦绕味蕾，晚餐后到小溪洗碗碟刀叉，弃用一次性塑胶刀叉、纸碟，非因环保，只为省钱，那年代没人强调环保意识。

太阳西下，月亮躲在夜空里，繁星闪烁，大伙儿围着营火弹吉他、唱民歌，风声伴唱，长草款摆伴舞，没趁机饮酒抽烟，露营是为幕天席地，好好享受大自然，学习野外生活，吃过甜汤，睡魔急召，依稀听到猫头鹰"咕咕咕……"提醒夜已深，各人分批轮班通宵守护营区。

晨曦，曙光初露，风轻云淡，小鸟雀跃地叽叽喳喳，伴着附近养猪场的公鸡啼声，当起大自然的闹钟。大伙儿起来，到小溪畔梳洗，煮早饭，到附近山林去历险，游走山野丛林，没有手机、平板电脑，没有低头族，自在无忧的岁月，随着高中毕业，不复往夕。

东涌露营成为同学聚旧最炽热话题，只限于回忆，要重来一次，实在太奢侈。各人的时间都扣在工作和恋爱上，事业刚起步，目标对准供一部小汽车，储蓄买房子的首期，为将来结婚筹谋，没人有时间闲情统筹召集，也没人愿意工作不做花上两三天在野外风餐露宿。

香港回归，政府发展大屿山，把旧启德机场搬到西大屿山，建成设备先进、世界知名的赤腊角国际机场，继而开山辟石打造旅游新景点——迪士尼乐园，以及方便大众登上宝莲寺及木鱼峰天坛大佛的昂平360吊车，另有东荟城等商场、酒店和住宅区，沧海桑田，简朴原始的大屿山已被改头换面成摩登社区，露营乐土不知所终。营地旁边养猪场的一对中年夫妇，在政府收地政策下获得赔偿，成了小富户。

念高中的长假期几乎都会去东涌露营，家父家母只要求知道同行是谁和介绍给他们认识，从没质疑我们借露营为名做越轨的事。

在未有手机的年代，若不主动致电回家报行踪，父母根本不知道我身处哪儿，他们的表现是对我的绝对信任。

当时年少，不懂欣赏父母的开明，自己成为母亲才会得感恩。

若然儿子与同学在深宵骑单车时吸烟饮酒，会阿Q认为，比起去夜店、流连街上、四出闹事、争风呷醋、醉酒打架，可取得多，不准他们深宵骑单车，等于逼他往外跑，岂不更担心？

说一句"不可以""不准"太容易，不花一秒钟，但带来的后果可能要花很长时间去化解。

在很多事情上，儿子都已做了"乖宝宝"，"很多事情"他都会被否决，也得给他一个透气的空间，有看似绝对的自主，否则长期遭否决，孩子很易患上"母亲病"，活在母亲阴影下，蚕食独立自主。

理财，他懂吗？

理财，他懂吗？

香港经历金融风暴，股市暴跌。楼市下滑破底价、负资产风暴、2008年雷曼兄弟破产，导致不少人倾家荡产的经济灾难后，有调查指出八成家长认为子女要学理财概念，懂得如何储蓄、如何消费。

兴趣中心认为有商机，纷纷开办儿童理财课程。银行亦趁此时机纷纷举办儿童理财讲座，迎合客户需要，因利乘便，开拓年轻新客源。

有报道引述英国儿童事务官表示，儿童从5岁开始就要接受理财教育，学会分辨不同面值的硬币和纸币，了解钱的来源，明白钱的多种用途；7~11岁要学习管理自己的钱，认识储蓄的意义，学习管理银行账户，及学会做预算；踏入中学，要修读有关信用卡、贷款、家庭理财及负债的课程。

父母希望子女有智商（IQ）、情绪智商（EQ）外，还要有财商（理财商数，Finance Quotient，FQ），在语文、运动、艺术、舞蹈等兴趣班外，会加插理财课程。

　　财商课题真的那么重要，非要在纯真的童年飞扑面对吗？为何要夭折一去不回头的童真？为何不多看一套动画、多读一本故事书，刺激小脑袋的想象力和创作力？人生漫漫长路，都与金钱切割不开，孩子定能从生活中，学懂五元和五百元的分别，实在不想儿子小小年纪学会市侩，事事以金钱作焦点，没送他去上财商班。

　　看到几个现实例子，觉得对金钱的兴趣是与生俱来的。表亲中，有个出名节俭男，不会浪费分毫零用钱，对银码特别敏感。同一支笔，哪一家店价钱最便宜、哪家最贵，问他行情，比上网搜寻更准确，他天生具生意头脑，念小学已懂得做生意赚取零用钱，营商方法是买一张有多个图案的贴纸，剪开逐个发售，每个赚一角几毛，积少成多，又四处搜罗设计式样特别的文具，带回学校去做样本，吸引同学托他代买，他就赚取微薄的"车费"，生意越做越旺，全盛时期，他在校楼内挂满样本，同学惠顾，他便两臂一展，拉开充作陈列柜的校楼任挑选，结果惊动校方向他作出劝谕，迫于无奈停业。

　　小小年纪看重金钱，对他性格发展影响，孰好孰坏暂未显现出来，大学毕业后，他平实地过着白领生活，消费继续精打细算。

　　在金钱的概念上，儿子跟表亲背道而驰，儿子从幼儿园到初中，从来没有零用钱，他也没有零用钱概念，他念的小学没有小卖部，同学每天自携午餐，儿子又不会到操场的汽水机去买汽水，上学放学有车接送，根本不用花费，放假去玩具店、书店，买玩具买书，由爸爸妈妈付款，没机会用钱，完全不在乎有没有零用钱。

当他到美国念书，才觉得没及早灌输更多理财知识，比较极端，当他过独立生活时比较吃力。

替他在美国当地开了银行账户，存入一笔足够他一个学期的零用钱，让他自由分配处理，如有剩余都属于他，作为学懂理财的奖金。

银行职员提醒他，要保留所有银行月结单，方便将来申请信用卡。

我回港两个月后，儿子来短信指钱花光了，要求汇款，吓一大跳，一个学生，怎么可能在短短两个月内花费如此大，会不会发生了什么事？我嘱他将支出列明，发觉总支出不大，追问原因，回复："总之是没钱了。"是不是借了钱给同学？他怒气冲冲："怎么会？"

让他把所有支出单据及银行月结单传来，他竟说全丢掉了，把我的话全抛诸脑后，他的理由是月结单可在网上查看，至于单据，他以为没用都丢入垃圾桶了。我不满他账目混乱，他有感不被信任，很愤恼，儿子的性格是犯了错，会认错及道歉，若然被冤枉，他会非常愤怒，他当时的表现就是被冤枉的反应，究竟发生什么事？钱去了哪？

谜底揭开了，他共有两个账户，一张支票，一个储蓄，支票账户只存入少量现金，用光了，要从储蓄账户转现金过去，儿子由始至终只动用支票账户转账及提取现金，完全忘记另有储蓄账户，他没把钱花光，大部分仍存放在储蓄账户中。

十足同龄时的我，对金钱迟钝，没观念，因而吃了不少亏，处处提点儿子，就是为免他重蹈覆辙。

8 万元

跟随其他家长做法，替儿子保存所有红包，他从没异议，接过红包会全部"上缴"，直至小二，他要求自己保管，原因是他很穷。

"怎么个穷法？"

"我没有银行账户，又没储蓄。"

"你需要银行账户吗？"

"B有自己的银行账户。" B是他的好同学，"他告诉我他很有钱，他银行账户里有8万港元，他说他是班里最有钱的人，我很羡慕他。"

"为何他会有8万元？"

"是他爸爸妈妈给他的，他爸爸妈妈对他真好。"

"爸爸妈妈当然会对自己孩子好，但不等于给他钱就是对他好，对于B来说，现在根本不需要动用那8万元，那笔钱对他来说不过是一个数字，没有实际意义，而且财富不应该用来炫耀，这样做很不礼貌，也很幼稚。"

B的炫富替毛毛头定下了两个标准：一是有8万元就是富人；二是爸爸妈妈给子女金钱多寡，代表疼爱程度。

不会漠视儿子感受，不会视作小孩戏言，记得自己小时候，同学有新笔袋，也会嚷着家母买新笔袋，家母不肯，会理直气壮地说 "同学都有新的"，有如咒语，家母立即会答应。

我们是草根家庭，用每分每毫都要经过计算，家用有限，家母持家不容易，佩服的是，她总能满足我们衣食住行的需要，我们不会察觉任何不足。

几岁小孩怎会明白什么是经济压力？

过两天，家母真的买了一个新笔袋给我，她大有可能在买菜钱中省回来，或是努力多接些胶花回家加工，赚多些外快买笔袋。

家母是个传统妇女，对家父绝对服从，她奉行家父一个原则：家里再穷，也不可以让两个女儿有低人一等的自卑感，所以会尽可能满足我们的要求，在20世纪60年代的香港，家父做货运司机，即现在所称的物流业，是一家四口的主要经济支柱，衣食住行外，还要提供物质上的需要，实在不容易。

后来家父自资营商，生意兴旺，家中经济改善，比上不足，比下有余，家父给我们可观的零用钱，我们亦掌握到讨更多零用钱的窍门，只要在大庭广众或亲友聚会上说："爸爸，我袋里没钱。"一张红彤彤100元面钞就会放在我手里，当时购最贵的特等票看首轮新戏才四元多，家父挨过穷，看过不少势利嘴脸，他不要我们有同样经历。

秉承家父的精神，只容许毛毛头做半天"穷人"，翌日便带他到银行开了一个储蓄账户。

毛毛头在银行开的储蓄账户，专为儿童储备教育基金而设，每个月仅需储蓄数百元，积少成多，10年后存款连利息合共会有10万元。

毛毛头听着银行职员讲解存款计划，中了彩票般开心，不期然在笑，我拖着他离开银行时，他一蹦一跳："我富有了，十年后我有10万元，太棒了！"

毛毛头哪会知道10万港元连替他交10个月国际学校的学费也不够，很羡慕他的简单纯真，没告诉他现实的金钱世界是怎样的，开账户的目的是去除他的自卑感，不失自信，不是要跟同学B做比较。

"你没必要告诉同学你有了多少储蓄，同时也不要问别人有多少储蓄，那属于个人隐私。"

设计十年储十万元，每月从他利是钱中抽几百元储进去，不实时转一大笔入他账户，给他凡事不会不劳而获的概念，上天不会掉钱下来。

为纠正他对富有和贫穷的看法，解开他对金钱的迷思，讲了一些富人因为富不仁、多行不善、不学无术、生活糜烂、懒惰不思进取，以致破产收场的故事给他听，但不会假惺惺说钱不重要，"要懂得支配金钱，而不是被金钱支配，富有才会快乐。我们家不算富有，你快乐吗？"他用力点头。

在娱乐圈名利场，见到太多因财失义、见风使舵、人为财疯的真人真事，为了钱不择手段、明争暗斗，暴露人性黑暗面、阴险虚伪，所谓友谊都建立在金钱虚荣上，每个人都戴着面具，所以会有"没有永远的朋友，没有永远的敌人"的金句。人气高升时，听到的都是阿谀奉承、拍马屁、报喜不报忧；人气稍稍滑落，便受白眼、冷嘲热讽、一沉百踩、门庭冷落，所以艺人很易迷失，跟红顶白，全用银码衡量，异常冰冷、残酷。

不单只娱乐圈，各行各业都是一个名利场，及早给儿子解开金钱的魔咒，他的人生会多一点快乐。

　　矛盾的是，处身现今社会，过分清高、视钱财如粪土，简直不切实际，很易吃亏。最理想，当然是不将金钱放在第一位，却又懂得驾驭它、管理它，不为钱所控制，达至不为五斗米折腰。谈何容易？作为妈妈，能做到是给他大方向，及早打个底子，结果他与金钱的关系会是怎样？就看他修行和生活经历中的领悟。

　　应他要求，将红包交由他自己保管，声明他的责任是每月供款外，亦将不会有多余的零用钱，上学买饮品、放学后去买小食都由红包支付，买书、文具、衣服鞋袜则由我结账。

　　他的回应是要求有个用密码锁的小保险箱，用作收藏红包，密码绝对保密。

贿 赂 友 谊

　　儿子是个节俭的孩子，上学不会花分文，他索性不带零用钱，很少逛街乱买东西，跟我爱购物性格完全相反，却秉承了我喜欢宠朋友的个性。

　　毛毛头经常将喜欢的玩具如陀螺，送给来家里玩的同学，原来是受我影响，请朋友来晚饭，朋友赞酒好，如有存货，会送他一瓶，就连头上的发夹也会实时拿下奉送，总之能力负担得来的都送，儿子耳濡目染，对待同学以妈妈做榜样。

　　可是，他的想法是：这样同学会更喜欢跟他玩。但这如同贿赂友谊，不会长久，跟成人世界的酒肉朋友一样。

花了一番唇舌，向他解释妈妈不是胡乱送礼物给朋友的，而且目的不是用礼物换取友谊，再者玩具是我送他的礼物，如想送人，应先得我同意。

对于酒肉朋友，我有很深入的体会，自幼家贫，念初中时，家里环境好起来，零用钱比同学多，每星期50元午饭钱外，另有100元零用钱，那年代，学校附近的茶餐厅学生餐，主食连饮品才港币3.5元，稍微高档点的西餐厅一顿讲究的学生餐，罗宋汤、牛扒饭连饮品，是港币6元。用学生证乘公交车半价，单程港币0.15元，每天上学花费最多6元多，饭钱剩下10多元，加上100元，是个小富户，养成了豪爽性格，会补贴差价请同学陪我吃6元学生餐，假日看电影，同学的消费是廉宜的前座，会替他们买最贵的特等票，久而久之，成为校园最受欢迎人物，相信也当选最愚蠢样板。

因为被同学出卖，才醒觉他们利用友谊换取享受，根本没把我看作好朋友，彼此友谊建立在利益上，是伪友谊，说出卖便出卖，心里很难过，对朋友慷慨，反受伤害，很迷惘，感觉凄凉。不想儿子重蹈覆辙，未及提点他，已在日常行为上，将陋习传了给他，把错误经营友谊传了给儿子。

过 度 承 诺

经过两年大学生活，受到同学朴实作风影响，儿子开始对钱谨慎起来，买东西会先问价钱，掌握到哪里买东西便宜，省吃省用，连盒装纸巾也不舍得用。

他的好同学N是位美国人，像很多外国年轻人一样，18岁时获父母赠予一笔生活费，搬离家开始过独立生活，大学的学费、衣食住行的支出，都是靠做兼职半工半读，知悭识俭，头发自己动手剪，用二手、三手旧家具，在N影响下，儿子预备半工半读："这样可以减轻你们的负担。"

从没有在他面前诉说经济有压力，大概是他觉得不好意思。"做事分主次，先弄清楚来美国的目的是为了念书，不是来做兼职，现在你应集中精神把书念好，趁假期空档修读，获取更多学分，拿得好成绩尽快毕业，暂时你的学费和生活费家里还负担得来，如果有问题需要你自供自给，我会让你知道，眼下首要事情是做到最好。"

对儿子的承诺，习惯有保留，不会过度承诺（over promise），出发点不是为自己留后路，是明白世事无常，恐怕诺言沦为大话。

20世纪80年代初踏入社会这所充满机会的大学，搭上时代的顺风车，工作四年，由见习记者晋升至总编辑，薪金三级跳，当年的楼价没有今天的疯狂不合理，现在要付五至六成楼价做首期，那时付一成即可，而且手续简单方便，审批过程简单。见略有积蓄，决定给自己购置一个小单位，楼价50万港元，我付了5000元定金，一个月后付首期5万元，然后分期付款20年，自住，供款当作租金，20年后便拥有一个完全属于自己的小天地，如意算盘打得"嗒、嗒"响。

自小爱购物，经济又独立，未懂积谷防饥，赚十元花九元，预备付首期，才发觉银行存款不足5万元，缴款日期迫在眉睫，正感彷徨，家父知道后，问明我尚欠多少、付款日期后，派给我定心丸，称他会借钱给我，大海中遇救生艇，安心了，尚有三天便要上律师楼付款，请家父借他答应的2.5万元给我，他说将钱用做生意周转，没多余钱借我。为何不提前通知我？他说忘记了，整个人像行驶中的车辆，忽然轮胎脱落，几乎失控撞山，我没有发脾气，脑袋忙于思索解决方法。

没有抵押品，银行不会贷款，又未有信用卡可预支现金，唯一急救方法是向周刊老板借粮，可是因对周刊所走路线出现分歧，各持己见，编辑会议上闹得不欢而散，与老板正陷入冷战，如向他借粮必定没好说话听，日后对他便要绝对服从，全没话语权，想想也觉难受。

可是难受也得面对现实，硬着头皮，主动破冰，老板难免冷嘲热讽，我沉住气，对自己说，这是借粮成本，老板算是君子，取笑两句作罢，因知我脾气硬、面皮薄，动了气便会不顾一切辞职。

虽说是借粮，每月在薪金扣款免息摊还，但接过贷款支票一刻，还是有想哭的感觉。

自此更明白无欲则刚的道理，更追求经济独立，不要向任何人借贷。

对家父态度没改变，依然毕恭毕敬，但不再信任，婉拒他所有的馈赠和礼物，不给他任何再失信机会，以保留对他的基本尊重。

"过度承诺"的教训、带来的伤害，牢记至今，对儿子做出任何大小承诺，简单如"今晚跟你吃晚饭"也必定履约，对朋友家人也一样。

价值观

价 值 观

儿子小六时，用另类方式抗议，忽然不断问： 妈妈你几岁？叫什么名字？又会问其他长辈的岁数和名字，一天重复问两三次，不胜其烦，问他原因。

"每位阿姨叔叔见到我，都是问你几岁？念几年级？读哪间学校？很闷，我学他们，让你知道我被问得有多闷蛋、多烦厌。"

"他们不常见你，想更新一下资料，了解你多一些，方便跟你沟通。"

毛毛头面对阿姨叔叔，会礼貌回答被他认为超无聊的问题，完全看不出他有不满。

他发表感受："妈妈，我最近看了一篇文章，发觉东方人和西方人看事物的角度很不同。文章说，当孩子告诉家长，朋友有一辆新单车，东方家长第一个问题会问：他几岁？然后是那单车什么价钱？他在哪间学校念书？成绩如何？西方家长则问：单车是什么颜色？性能怎样？你喜欢吗？他的技术怎样？妈妈你看到分别吗？东方人注重年龄、银码、学业成绩，主题其实是一辆单车，不明白为何全都扯到数字和名字去，令人懊恼。西方人注重的是主题本身，不会动不动就关心数字和论名气。"

"叮"，儿子的话犹如一记唤醒催眠的钟声，唤醒被环境、世俗催眠了的价值观。东方、西方不过是个代号，前者代表冰冷、计算、比较、单一，后者代表人性化、关怀、趣味、生活化，都是被讲求功能性的社会所遗忘的元素。儿子给我上了一课价值观，提醒了我，看待事物，要拓阔角度，慎防框架了价值观。

价值观会随情况改变，一大清早，预备返电台之际，发觉前一晚睡前忘记除下一对钻石耳环，遗失了一只，只剩一只形单影只挂在耳上。那是我集合了三部戏的片酬买来作纪念的，实时心乱如麻，很想作地毯式搜寻，毛毛头预备出门上学，在吃早餐，问发生了什么事，告诉了他，他让我快找，我没找，而是马上返电台开工。

我常告诉儿子，"做事分先后缓急，权衡轻重"，当时，职责所在，最重要的是准时返电台准备节目，失掉耳环是私事，而且不知道掉在哪里，要花多少时间才找到，一个是眼前实在的责任，一个是渺无目的寻找失物，万一最后找不到又迟到，连累工作，岂非双重损失。

下班后，回到前一晚用膳的餐厅，遍寻不获，又循前一晚，从餐厅走到泊车地方沿路上，来回俯身逐寸检视，行人路边的污渠也不放过，找不到，疲惫不堪。失望懊恼痛心之下，想出了三个方案挽救低落心情，跟毛毛头商量，听取他意见："一是妈妈将剩下的一只耳环藏到保险柜里，不要再见到它，就当从没拥有过这对耳环；二是将剩下的一只卖掉兑现，用现金弥补那份痛心；三是将剩下的一只镶成一只戒指，骗自己新买了一枚钻石戒指。"

毛毛头听罢，给我第四个意见："现在潮流时兴'不对称'，你这钻石耳环是三角形，你另配一只圆形或方形的，一只耳朵戴一只，合潮流，又可等寻回另一只三角形的再凑成一对。妈妈，你或许会找回另一只耳环的，你不是常说，做人不要消极、不要太灰吗？"

我扫着毛毛头的刷子般短发，俯身吻了他一下，耳环能否失而复得，已不重要。

怪事发生了，晚上当我拉开被子，那只三角形钻石耳环就躺在那里，至今也不明白原因，早上我出门时，叫女佣在睡房地上和床上找，更把枕套被单被铺全换掉，都说没发现，寻回机会是零，怎么相隔24小时它便现身床上，除非有个时空闭路电视将过程拍下来，才能解开谜团。

翌晨，特地戴上几乎失散的一对耳环，跟儿子吃早餐，让他知道他信念正确。总觉得是上天安排一个机会让我演绎一次什么叫先后缓急和信念的重要。

事隔十年，看到效果，儿子在美国生活了两年，百分百融入当地生活，升大三的他对生活享受要求比在香港低，很少出外用餐，多叫外卖，方便赶功课，周末就到附近同学家吃顿住家饭，采用AA制，合伙买菜，不再物质，讲求价廉物美，日常衣物以棉汗衫牛仔裤为主，衣物整洁，但为求方便省时，不会像在香港一样熨得板直，就算去酒店吃饭，衣衫也是皱的。他说："妈妈，外国人很简单，不注重外表，你看人人都是这样。"

无惧先敬罗衣后敬人的世俗眼光，诚好事，却担心他习惯简单朴实的生活，视野短浅，眼界收窄，变成土包子，对他将来踏足社会，待人接物会有影响。

"妈妈很高兴你享受简朴生活，那只是生活其中一个层面，生活有很多不同层面，每个层面都会带给我们不同的体会，妈妈要带你去一次旅行，行程豪华一点，充实一下眼界，擦新享受的感觉，会给你带来更大的原动力。"

"或许要待我毕业后，才可跟你去旅行了，因为未来几年的暑假，我打算留在美国念暑期班多修几个学分和做暑期工，争取工作经验，增值履历，将来找工作比较容易。"

高兴他会为自己打算，做出安排，矛盾在于想他多开眼界和制造与他长时间共处的机会，"你衡量一下，去欧洲、俄罗斯、内地去看看不同的建筑物对你有帮助，还是念暑期班、做暑期工比较有用，再决定吧。"

"我相信读书和工作比较有帮助，多谢妈妈！"

幸而他对食物尚有要求，跟他午膳，他提议到一家新店，吃他最爱的小笼包，一口一个，吃尽两大笼二十个，久旱逢甘，十分滋味，打算留美四天期间尽量宠他，带他去特色主题餐厅，满足他塞满外卖快餐的口腹，他反提议在我的酒店房间叫餐，取其方便省时，因为他忙。

忙碌会绑架生活、亲情、脾气、友谊，自己被忙碌绑架了半辈子，仍受忙碌所困，儿子才二十出头，开始与忙碌打交道，唯有引导儿子，学会衡量，什么时候供奉忙碌，什么时候置之不理，处事能分缓急轻重。

我想加入娱乐圈

我想加入娱乐圈

很多朋友的子女到外国留学，第一年会思乡情切，热衷回港度假，渐渐随着四散到各地升学的旧同学减少回来，加上在外国认识了不少新朋友，减低对香港的归属感而不愿回来。

儿子爱吃，为令他心系香港，对症下药，每当去了具特色的餐厅，尝到美味菜式，都会拍照传给他望梅止渴，答应待他回来时，会逐家带他去品尝，增强驱使他放假回家的意欲。

每趟实践承诺，看他吃得津津有味的表情，真的快乐比天高。

儿子念大三的圣诞日，带刚回来几天的他去尝新，到一家有"艺术画廊"之称的法国餐厅去吃圣诞早餐。

碰杯互祝圣诞快乐后，儿子送上圣诞"惊喜"。

"我想入娱乐圈。"他轻描淡写，我和丈夫如五雷轰顶，稍呆数秒，屏住呼吸，不动声色，扮作若无其事。

他尚肯随我出席活动，去看颁奖礼的岁月，总会有经理人、电影公司老板、电视台高层赞他长得帅，可以做歌星、明星、电视艺员。

事后我会辅导他："那些阿姨、叔叔在说客套话，当不得真。""我知道。"他完全不为所动。

有些艺人朋友来我们家吃饭，儿子反应并不热烈，由于念国际学校的关系，只认识几个出名的本地艺人，他喜欢听外国乐队、看西片，但从不追星，不迷恋偶像。

任何打算让子女做明星、歌星的父母来问我意见，未知他们的子女是否有歌神般的歌喉、影帝影后级的演技、天王天后的星味，必劝退："子女入了娱乐圈，你们便会失去了他。"因为艺人必须将时间和灵魂交给娱乐圈。一炮而红的话，会日夜颠倒地忙碌，过的是非人生活，因为忙，没时间出席家庭聚会，连回家吃顿饭也是奢侈，逢年过节大家放假，他则要忙于演出吸金；半红不黑的话，空闲得游手好闲，可以整天待家中，却不快乐，父母又爱莫能助。名利双收和星海浮沉，同样要承受巨大压力，给名利牵着鼻子走，把人迫疯，所以不少艺人患上情绪病，他们遇上问题，要找人倾诉开解、寻求解决方法，不会求助父母，因为圈外人不懂名利场的复杂关系、千丝万缕的前因后果，不认识幕前幕后，怎会分析及提出好的意见？他们宁愿相信经理人。

若然上天眷顾，子女在名利场浸淫一段日子后，经历辛辣、有苦自知后，长大了成熟了，会觉得家才是最安全的避风港、最放松的休憩地，会懂得珍惜亲情，重投父母怀抱——却不知会是何年何月，亦毫无保证。

这是我作为名利场的旁观者逾三十年，得出来的结论。

我很旗帜鲜明地反对让儿子走上娱乐圈的不归路，但世事往往邪门，父母越不希望子女做的事，偏偏就会发生，例如惧怕子女与异族通婚，子女独爱异族；希望子女做医生，子女最厌恶读医，尤其是父母极力阻止子女做的事或力推子女完成父母愿望，效果殊途同归，都是事与愿违。

所以从没与儿子约法三章什么不准他进娱乐圈，又从来未见他对演艺有兴趣，以为已放下心头大石，始料不及20岁的他想入娱乐圈。

侍应端上头盘海胆生蚝，卖相精美，是至爱美食之一，但此际食欲失踪，味同嚼蜡，脑中转出各式各样的劝退说话。

精美的盘子上，剩下嶙峋空白的蚝壳，是时候给儿子一个回应。还原基本步，先了解他入演艺圈的出发点："你有兴趣吗？"

20岁少年的想法简单："做艺人赚钱容易，生活可以过得更舒适写意，到时再继续念大学取学位也不迟。妈妈，你知道吗？做专业人士，不过50岁也不会得到认可和同行的尊重，50岁才成功，太迟了。"

"打算怎样入行？"

"你，你就是我的钥匙，靠你了妈妈。"

他太高估妈妈的能力了。

　　我用开玩笑的口吻问他："做艺人没自由的，连拍拖也不容许，那你女朋友怎办？"

　　"让她留在美国，有时间我便飞去探望她。"

　　"做艺人未必会走红，那怎么办？"

　　"回去读书或者工作。"

　　"艺人很难走回头路，要找工作也不容易，别人不会相信你会安于做打工仔，找工作会有困难。"

　　"我不怕。"

　　"怕只怕过不了你自己那关，你会看不起一份月入几万元的工作，会说我去登台唱几首歌已经有几万酬劳，何用天天准时上班，看上司面色，嫌弃这个那个，高不成低不就，蹉跎岁月。"

　　"我想我不会。"他自信十足。

　　"那我便替你探问行情，看看有没有适合的经理人。"

　　"探问？"

　　"会约几位相熟的圈中人了解哪间唱片公司、电影公司正想签新人。"

　　步出餐厅，细雨纷飞，若有若无随风轻飘，打伞嫌麻烦，不打伞逗留在露天地方稍长时间却又会沾湿头发和衣服。遇上这般吊诡的雨天，要以快打慢，快步过马路，然后用手轻拍降浮在身上的小水珠，身子就不会湿。

儿子走在我前面，疾步走上丈夫泊在马路边的汽车，雨粉未及弄湿他，他已坐上了后座在等尾随的我，一阵寒风刮过，一撮雨粉乘风扑到面上来，轻如喷雾，似实还虚、似虚犹实的小雨粉，偶尔会来恶作剧，快跑不留步，便能滴水不沾。四个字：以快打慢，尽快粉碎他的明星梦，不给它时间发酵。

往后两天没再跟儿子提及入娱乐圈的事，他忍不住，像跟死党交谈般，搭着我肩膀，用俏皮语调问我："这两天探问了吗？"

我点头："他们不约而同，问了几个相同的问题。"

儿子充满期待凝视着我。

"你唱歌是不是很棒？"

儿子摇头，他不是唱K一族，对广东歌和国语歌一无所知。

"你是否对音乐有浓厚兴趣和天分，会作曲填词、有做唱作人的条件？"答案是意料中的摇头。

"会玩什么乐器？是否乐队成员？"

"另一方面，亦想知道你有没有演戏经验，曾否参加话剧演出，是否很喜欢演戏？"

终于他有点头的机会了："念初中时我曾参加学校戏剧兴趣班，试过演出，你也有来看。"

当时念第8班的他只肯担任幕后工作,要他上台,他选的都是戏份小、在台上现身一两分钟的角色,全无表演欲,很害羞。

参加数学比赛,得悉胜出后,要在几百位家长和学生面前上台领奖,他拒绝出赛。

学跆拳道,知道再升级是学踢断木板,然后在人前表演,他放弃。

练击剑有天分,受训三个月,老师派他出战,由于要佩戴面罩,无人会看到他的样貌,他答应应战,但留力不打出水平,可能是领奖台惧怕症作祟。

以他害怕"抛头露面"的程度,没丁点蛛丝马迹透露他要投身演艺界。

应该是,到美国升学改变了他。18岁开始学习做成人,独自面对生活上的细节,交房租、买食物、洗衣服、清洁家居、做家务、收银行月结单、付信用卡签账、买书本文具、买模型材料等,一次3D打印就花了几百美元,他感受到生活的压力,明白到金钱的重要性,这是自小生活在我们的荫蔽下,他从来不曾知道的现实。

压力向他说明,他必须做好自己,努力表现,才能换取他想要的生活。

压力驱使他对"最好"有了渴求,功课取得全级最好的分数,考试成绩优异,他为此自豪,每次都传短信来分享他的喜悦。

一直以来对他"凡事留力三分"的担心,终可一扫而空。

他开始为在社会上立足做好准备,认为有了经济基础是首要任务,导致他有尽快多赚钱的念头,认定做艺人是捷径。

再次令他摇头的问题是："你会跳舞吗？"

空有想法，未有做法，以为传媒人妈妈有点石成金的法力。

连串问题令他明白，做艺人不是俗语说的"食面口饭"（光靠一张脸）那么简单片面。

"看来你还没做好入娱乐圈的准备，真有兴趣的话，先装备好自己，把歌唱好，自学作曲填词，你念的大学的戏剧系相当著名，你去兼读其中一些课程，打好基础，反正还有两年多才毕业，到时再闯娱乐圈不迟。"

若果，他真的做好准备，是否会替他引路往星光大道？

向来相信，有星运，娱乐圈会来选你，命运会引路。

行政妈妈

经常自嘲是个相当全面的行政人员，工作上担任行政角色，用行政管理的一套方法持家，做行政主妇，在照顾儿子方面，因要兼顾事业，未能做全职妈妈，唯有做"行政妈妈"，用行政管理方法确保儿子得到可靠的照顾。

工作狂妈妈

行 政 妈 妈

经常自嘲是个相当全面的行政人员，工作上担任行政角色；用行政管理的一套方法持家，做行政主妇；在照顾儿子方面，因要兼顾事业，未能做全职妈妈，唯有做"行政妈妈"，用行政管理方法确保儿子得到可靠的照顾。

行政的意思是动口不动手，列出要求，监管手下落实执行。

1993年，我答应加入《星期天周刊》创刊团队不久，发现怀孕，没告诉任何人包括老板，因不想应付各人的祝贺及过分特别的关怀和照顾，承认是比较酷，是深受专注工作的性格影响，不想同事和朋友浪费时间来顾及我极个人的问题。

怀孕25周，为追访新闻人物，跟其他传媒斗智斗勇，给几名高大凶猛记者包围，恶言相向，迫我放弃追访，我亮出一句："我怀了孕，你们小心点。"吓得他们退避散开。情况给电视台的摄制队拍下，播放出来，老板、同事及朋友才知道我快将做妈妈，老板见我安然无恙，额首称幸，少不免责怪我过分拼搏。

性格使然，要不不做，要做就做到最好，为使《星期天周刊》尽快上位成畅销周刊，整个采编团队全无下班概念，我早上9时多到公司，凌晨时分才返家，胡乱吃点东西，便倒头大睡。

所以根本没时间和心思，像身边的准妈妈，为宝宝制作时间囊，将当年流行的时装、发型，有代表性的电影，畅销的CD，或有纪念性产品的照片，以及宝宝出世当天的报纸，制成宝宝出生年时间囊，在子女18岁时作为生日礼物，我整天就忙着追新闻、开编采会议。

在儿子出世前5周，开始放产假，正好利用这段空档每日7时起床，埋头写全港首部法律小说《被告：香豌豆》，一直至下午五时才休息，在儿子呱呱落地前，完成了六万多字。

儿子出世后，专心坐月子哺喂人奶，为怕初生之犊免疫力低，容易染病，十分讲究卫生，频密洗手保持清洁，可是老人家说产妇坐月子期间忌水，不要洗头洗澡，身体尽量少沾水，否则会患上风湿病，后遗症是每逢转天气、下雨刮风，便会头痛、骨痛。

为保儿子健康，我坚持事事亲力亲为，另一方面又担心会患风湿，乐天性格消失，代之是焦躁、不安、容易发脾气，因为忧虑复工后，交由佣人照顾，我不懂训练她，又怕她会疏忽，会虐待宝宝，越想越恐惧，恐惧足以杀人于无形，当时几位好友，察觉我疑似患产后抑郁症，通知丈夫，叮嘱他悉心照顾我。一位好友特地牺牲年假，搬来我家住，24小时陪伴我。另一位女强人妈妈，承诺替

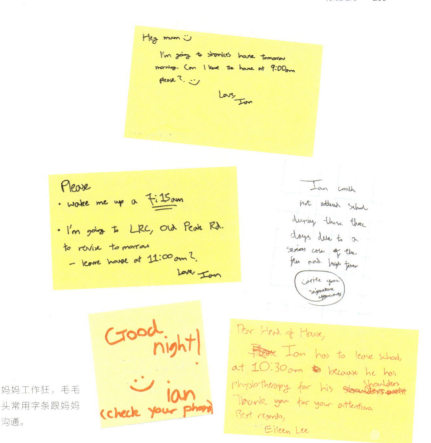

妈妈工作狂，毛毛头常用字条跟妈妈沟通。

我训练女佣，并称会在我上班时突击上门，监管女佣，疑似产后抑郁症给一班好朋友的爱驱散了。

从没想过，会跟抑郁症沾上边。儿子出生，荷尔蒙改变，带出一个我从未面对过的自己。这只是开始，在他成长的岁月，发掘了我更多内在的个性，从而更认识自己。

儿子出世几个月后，我给挖角到一个报业集团履新，出任一份周刊的创刊总编辑，忙着招兵买马、决定周刊尺寸、页数、路线、定位、试刊等一手包办，早出晚归，照顾儿子的重任落在保姆身上。

为方便监察，嘱保姆要将儿子吃奶的时间和分量，以及换尿片的次数、大小便的时间，用日记簿详细记下，晚上下班回家，第一时间去抚摸熟睡得如一头小猪的儿子，然后翻看日记簿，暗暗目测奶粉饮掉多少，又数数尿片的数目，以查看是否与记录相符，幸运的是菲律宾籍保姆十分诚实尽责，对儿子无微不至，令我无后顾之忧。

"行政妈妈"会在日记簿写下儿子当天的点心是吃苹果茸还是香蕉茸、要到儿科医生诊所打预防针的提示，保姆按本子照办，白纸黑字，好处是减少言语误会的机会，也杜绝了"忘记做"的陋习。

儿子自小看我和保姆以留字方法沟通效果好，长大后也用这方法与我沟通，留字条提醒我一些要替他办的琐务。

"妈妈，别走!"

儿子约一岁时，刚懂得说单字，每天出门上班成为我最难过的时刻。保姆抱着他送我出门，他会哀求："妈妈，别走!" 伸出肥嘟嘟、软绵绵的小手，企图拉着我。忍不住会亲吻他，跟他说："妈妈要上班，不可以迟到，你乖。"他无

看似气定神闲，其实
忙得一塌糊涂。

邪的眼中有泪，多么想留下来伴着他，教他说话，伴他睡午觉，喂他喝奶，可是周刊刚面世不久，同样是初生婴儿，他有保姆贴身照顾，周刊却没可能请保姆代劳。

担心他会认为妈妈重视工作而忽略他，特地抱他坐在膝上，向他解释："妈妈答应了人家，要把工作做好，上班便不能迟到、不能偷懒，就好像你去上游戏班，妈妈必定准时送你去，甚至早到，答应了带你去公园，忙得没时间睡，也一定带你去，对不对？儿子，妈妈最疼爱你，没任何人、任何事比你更重要，在妈妈心目中你永远都是第一位，妈妈因工作需要，才不可以一整天陪着你，你明白吗？"他点点毛毛头，安心了。

为争取亲子时间，不用工作时必定留在家中跟年幼的儿子互动，教他叫"爸爸""妈妈"，在学懂这两个称呼前，他不断说宝宝外星语"鸭不打"，不知道他想表达什么，整天"鸭不打"不离口，我们跟着他说，他便高兴得将毛毛头左摇右摆。

黄永玉儿子黄黑蛮画作前留影。

到香港特首官邸礼宾府主持慈善活动。

儿子满一岁，创办的周刊也如他，健康面世，茁壮成长，迅速引起读者关注，得广告商青睐，成为赚钱的畅销刊物，我功成身退，打算做个全职妈妈，没想到新城电台邀请我，出任清晨综合性节目主持，工作时间自由，清晨6时至早上10时做完直播便下班，开始了我由文字转型到声音世界的挑战，也可以说是上天眷顾，让我既有工作又有大半天时间亲子，陪他吃饭，晚上讲故事哄他入眠，带他上游泳班，做个80%妈妈，也正好为儿子报考幼儿园铺路及启动迟了一年多的产后修身减肥计划。

儿子三岁，新城电台人事变动，商业电台邀请我跳槽，正式开展主打娱乐信息评论的个人特色节目。

当时尚未有iPhone、iPad等电子产品面世，我赶潮流，弃用手写电话簿，改用电子电话簿储存所有艺人及朋友的联络电话，就在到商业电台履新前夕，电子电话簿宣布罢工、死机，并将所储存的一千多个联络电话自动彻底清除，由于极之信任它，从没抄下备份，忽然失去所有艺人的电话号码，怎样主持一个要与艺人保持密切联络的电台节目？大感彷徨沮丧，眉头紧皱。

三岁的毛毛头见妈妈一脸愁容，走过来关心："妈妈你不开心吗？"告诉他我的遭遇："怎么办？电话号码全都没有了。"他用胖嘟嘟的小手像个大男人般搭着我肩膀，把大头贴着我的脸说："别怕，你还有我，我爱你，妈妈（Don't worry, you still have me, I love you, mama）。"然后吻了我面颊一下，便自行去玩了。

一时间，热泪盈眶，他提醒了我，我有他，还怕什么？心定了下来。

至今，仍记得多年前的情景和流遍全身的那股暖流，而他，又记得吗？

担任周刊总编期间，得发行吴兴记（中间者）大力支持，是事业上一位贵人。

　　我们以为是我们替孩子遮风挡雨，其实孩子偶尔也会送来心灵安慰，作为小礼物，未经修饰的话，发自童真，提醒大人勿因各种杂念打扰而忘记了简单的道理。一个幼儿说出这样的话，特别发人深省。

　　结果幸得一位记者好友帮忙，把她的电话簿影印了一份给我，助我渡过难关。

"你可以做正常妈妈吗？"

　　儿子所念的幼儿园就在电台附近，他放学的时间与我放工的时间非常接近，但因做完节目尚需要开会，故总赶不及去接他放学。一日打算给他惊喜，站在校门外等他，他见到我，第一句话是："你忽然来接我放学，想吓坏我吗？"骤听觉得儿子过分夸张，细想心有点酸，如果我天天来接他放学，又怎会吓坏他？心中歉疚，却又无奈。

　　一天早上，节目即将开始，幼儿园老师来电，指儿子在玩耍时，撞伤了门牙，满口鲜血，叫我快去接他看医生。可是节目要开始了，接受访问的嘉宾也到了，这个时候走，节目便真空，很不负责任。可是作为一个妈妈，知道儿子受伤，当然想第一时间查看他伤势及给他安慰，已没时间做心理挣扎，丈夫打理自己生意，工作时间有弹性，马上让他到幼儿园去带儿子看医生。丈夫飞赶到现场，学校护士已替儿子止了血。他撞破了嘴唇，门牙出现裂痕，丈夫检查他手脚，除轻微擦伤外，没有骨折，这才直接带儿子去见牙医。

做完节目，马上赶到牙医诊所，毛毛头见到我，想哭又强忍着，又怕被我责备，受惊、受伤、又害怕。我没说话，紧紧搂着他，用行动表示理解，用体温给他安慰。

女牙医经验丰富，认为裂了的门牙是乳齿，反正会在五六岁时脱落，不建议硬把它拔掉，她细心将门牙修补，过程中因要用强光，毛毛头需要戴上墨镜保护双眼，一切对他太陌生了，本能反应，他反抗，大哭起来，我请牙医把补牙程序，先粗略向儿子讲述一遍，给他足够心理准备，他便会停止哭闹，表现合作。此举果然奏效，带他去接受疫苗注射也一样，会提早两天告诉他，解释什么是疫苗，接种的原因、过程和部位，到了诊所，他会安静地让医生打针。

带他回家路上，给折腾了大半天的毛毛头疲惫不堪。我轻抚着他，心底跟他讲了很多句"对不起"，在他最需要我的时候，未能第一时间飞扑到他身旁，平伏他的惊惶恐惧。世事总爱找我们麻烦，捉弄得人很无奈，如果他迟两小时才摔倒，我刚做完节目，便可实时赶到学校，尽妈妈的本分。

将来如儿子为了工作、责任，在我需要他时，他未能即时现身，我能怪他吗？我存储了这次的提醒，却希望儿子早已忘掉。

"你可以做一个正常妈妈（a normal mom）吗？"儿子4岁时，突然问我。

他所指的正常妈妈就像邻居的外籍太太，跟随被派来香港任职飞机工程师的丈夫，做个全职主妇，照顾4名子女起居饮食，每天驾车接送他们上学放学、参加课外活动、陪子女吃晚饭、坐在床边讲故事伴他们入睡。

虽能腾出不少睡眠时间陪伴毛毛头，但因我大清早要到电台工作，不能每天接送他上学放学，下午尽量在家陪他做功课、洗澡、玩耍，晚上有应酬也会先陪他吃了晚饭才出去，一星期至少有三四个晚上，在床畔给他讲故事，假期及星期天是家庭日，推掉不必要的酬酢约会，带他郊游、逛书店、吃饭、买玩具、参加生日会，但比起邻居太太，在儿子心目中仍不够"正常"，可是对于一个要做节目主持及写多个专栏，每天工作18个小时的职场妈妈来说，已尽了很大的努力。

笑问他怎样才算是一个正常妈妈，他老气横秋地说："最低限度要开车管接管送。"

毛毛头大概不知道，他妈妈有车牌，驾驶技术算不错，却不爱驾车，家中聘了位菲籍司机，是为方便接送他，可是自那天他讲了这句话开始，我都尽量开车接送他，更懂得利用车程，作为我们母子俩单对单的倾谈时间，探讨他的内心世界，有时会趁机向他讲道理或加以引导他。

三 栖 妈 妈

1999年，迈向千禧年，儿子5岁，科网崛起，搞科网的终极目标，是IPO上市，集资大展拳脚。

1999年创办show8.com网站的首映礼上。

　　科网需要吸纳网民以刺激点击率，壮大网页、增加声势，需要的是时刻更新内容，娱乐新闻则被认定为最有卖点，一时间有3个财团来跟我斟洽合作。其中两家由传媒人筹组，另一家由三位注册会计师组成，结果选了三位行外的会计师合作，跟他们陌路相逢，看中他们有周全的计划书、清晰的时间表和路线图，且三位男士给人很老实的感觉，于是合组了show8.com娱乐网站。

　　很兴奋地从一个传统传媒人，进入新媒体年代，将20世纪90年代创办的

show8.com创业第一个盛举是赞助〈职业特工队 II〉（Mission Impossible 2）主角Tom Cruise专程乘私人飞机来港出席首映礼。

《头条周刊》失败的痛苦印记，一扫而空。

Show8.com创业顺利，三位合伙人告诉我，单凭我的名字，不少种子基金也愿意投资，只花了三个星期时间，我们集资了300万美元，十分振奋。

打正名号是娱乐网站，我是主打人物，跟做周刊创刊过程一样，历史重演，负责招兵买马，成立采编部门，不少相熟或不认识的记者、编辑，都肯主动收低于市价的薪金加盟，为的是要跻身科网行业做先驱者。

曾自资创办周刊，又曾任四份周刊创刊总编辑，惯做开荒牛，任管理层多年，累积了丰富行政经验，很快便组成一个80多人、颇具规模的采编团队，连同其他技术支援部、营业部、行政部、人事部、会计部，公司合共有170多名员工。

当时我仍是计算机盲，由开关计算机、发电邮、上网查信息学起。

另一要解决的问题，是时间。我跟三位合伙人有言在先，一切以不影响电台工作为大前提，电台以外的时间全会投放在show8.com上。

于是开始地狱式生涯，还好有捱更抵夜本领，早上5时半起床，6时半回到电台，筹备两小时的节目，下午一时半节目完毕，马上跳上车，由司机送往show8，利用那半小时车程，吃掉女佣为我准备好放在车上的午饭。到了show8，开始繁忙的下半天，办公室人来人往，开会、跟进各自工作，一直忙至黄昏过后，才有时间回复电邮、签支票、跟合伙人开会，几乎每晚都忙至十一点才晚饭，丈夫也是趁这段时间来见见面，然后等至凌晨一二点，接载脑袋和身躯都虚脱的我回家。上床前，先要看儿子的手册，查阅功课和安排他未来几天的课外活动、早午晚餐单，睡两三个小时，又爬起来回电台。

不觉辛苦，只是忙碌，也不觉有压力，因是自己的选择，唯一是对家人有点愧疚，丈夫向来支持我，清楚我性格，没投诉半句。至于儿子，我安排他每日放学后来show8，坐在我办公室做功课，我坐在他对面处理文件，方便他遇问题发问，待他做完功课，便陪他到大厦楼下的麦当劳吃汉堡包薯条，然后送他上车，周末和假期都尽量抽大半天时间陪他。

5岁的他有感而发："将来我是不是跟你和爸爸一样，很忙很忙？"轻扫他短贴的头发："是，是很快乐地享受忙碌。"

与show8打对台的，是由众多艺人投资创办的网站，他们为保护自己投资的网站，对我们进行杯葛、排挤、封杀，不许我们的记者采访和拍摄他们举办的活动，声言要迫使show8难产，消息成为多日的娱乐版头条。

三位合伙人不明白娱乐圈游戏玩法，极之担心，我持不同看法，这不是危，这是机，杯葛行动形同替show8造势，几位狂言杯葛封杀的都是红艺人，他们的杯葛宣言犹如做了show8代言人，我们不用付一分一毫，已大收宣传效果，多谢也来不及。

亦因他们的霸道言论，令show8上下士气高昂，誓言战斗到底。

1999年12月28日，show8顺利挂上网，硬仗拉开战幔，show8大受欢迎，对手杯葛和封杀彻底失败。正当我们以为很快便能成功上市时，财雄势大的tom.com在我们开业三个月后，于2000年3月1日宣布上市集资，在科网股概念下，市场反应疯狂，超额认购千倍，吸走市场7亿多港元，吸尽科网股元气，不久科网股泡沫爆破。

show8不单上市梦碎，投资者也完全不看好前景，纷纷撤资，最后我们弹尽粮绝，倒闭收场，十几个月的不眠不休付诸流水。

向同事公布坏消息时难忍泪水，同事不单没半句怨言，还反过来安慰我，并提出愿意不收薪金助公司渡过难关，虽然是超乎现实的提议，亦反映他们对公司有归属感及对我的爱护，更向我许下诺言，将来如果我卷土重来，他们必定会助我一臂之力，平时对他们要求严苛，实在想不到会换来他们这份浓情厚谊，倍感难过，辜负了他们的努力和对公司的期望，除了内疚，也只有内疚。

公司倒闭了

宣布Show8倒闭，晚上到家，泪已流干，将消息告诉毛毛头，他的第一反应是："太不公平了！"

"怎样不公平？"

"你这么努力，为何会失败？太不公平了！"

"你看到妈妈很努力，没有偷懒，是不是？"

他点头。

"毛毛头，你要知道努力不等于成功，努力是对自己、对工作、对同事尽责，对得起所有人。在奋斗的路上，会有很多我们控制不到的因素令我们失败，那不是我们的错，只要问心无愧，面对失败也照样抬得起头来，不会害怕。伤心，是人之常情，别看作打击，当作上了宝贵的一课，从中学习承担，检讨失败，将来处事会做更好的防范，不会犯同样的错。"

"面对失败需要的是振作，不是气馁，睡个好的，吃顿饱的，保持身体健康，不要被失败打垮，明天起来又是新一天。"

给我最大能量的是他在我的电子日记簿洗掉我千多个艺人联络电话，感到无比彷徨沮丧时，他说：妈妈你还有我。

失意、感觉全世界离弃我时，我会想起他天真无邪地说：你还有我。

当晚与儿子晚饭，食量如常，晚上没失眠，翌日如常5点半起床回电台，赫然见有报纸头版以show8倒闭做全版头条，三位合伙人得享无人认识之利，照片没见报，我哭红了眼的照片占了半个头版版位，有点愕然，但如没事发生般，照常回去主持节目，不论是面对老板、同事，在办公室、节目和专栏中，都不曾流露丝毫情绪，保持一切如常，电台节目与show8业务，是两码子事，同事、听众和读者没义务分担我的不快。

营运show8一年多期间，天天如常做节目，不迟到，不早退，也无公器私用，没在节目中替show8做免费宣传。

一切由心而发，唯望儿子从旁吸收，潜移默化，做事会晓得分轻重、缓急先后、公私分明，勿本末倒置。

无奈给大环境逼出来的强悍，令儿子忘记妈妈也很容易受伤害，他对妈妈的态度比爸爸强硬。同样的要求，由爸爸来说，他少有异议，由妈妈道来，他反对很大，会反问很多问题，对我非常戒备。闲话家常，问他一个普通简单问题，如你吃了饭么、睡得好吗？他都启动自我保护程序，态度抗拒反问：为何要问？非常谨慎小心回答我的任何问题。因为他认为我是在管他，他不愿意被管。

有朋友跟我说：做女人不要太强，适当时候要扮无知、柔弱、无助。

能有这样机会的女人太有福气了，我苦无机会，亦无演技。

骑 劫 道 德

为能跟儿子吃晚饭、聊天，尽量将开会、约会、访问、活动都挤到日间去，因此极少碰到儿子的中文补习老师，一天在外开完会，在人车抢路的闹市，快步赶赴下个约会，手机响起，是中文补习老师，说了两句便哭起来，原来是儿子的话伤了她的心。

中文老师每课都会给儿子作业，当日儿子忘记了做，中文老师责备他，他竟对老师说："你何用这么紧张？你也不过是为了赚我的学费。"中文老师为此请辞。

忙不迭在电话里安抚老师，跟她赔不是，保证会好好处理事件。

按捺着心中怒火，完成所有工作，马上赶回家，不能未审先判，问儿子："你可以将今天发生的事，说一遍给我听吗？"

很平实地问，不加"你要老实""你不可以撒谎"，那即是假设了他诚信有问题，又何必问他？

儿子原原本本地将他跟老师的对话复述一遍，连"你也不过是为了赚我的学费"也和盘托出，我凝视着儿子问："为何你会这样说？"

他直看着我，打算想个好理由，我已对他说："的确，老师是为了赚你的学费，否则她又不是你亲人，怎会舟车劳顿来替你补习中文，可是难道经过这三四年的相处，你不觉得老师是真正想你学好中文吗？不觉得她疼你吗？如果她只为赚取学费，她何须花工夫要你交作业，她大可由得你不做作业，省得费劲给你改正；她大可马马虎虎，不理会你有否进步，也不用花精神时间设计测验卷给你做测验。她认真地教你，对你有要求，是负责任的做法。你的话侮辱了她，骑劫了她的道德。为何你入读一家这么好的学校，受这么高质素的教育，竟会说出这么伤害人自尊的话，不懂得尊师重教，太令人失望了。"

儿子大滴大滴眼泪掉下来，对我说："妈妈，对不起。"

"你不单止要跟我道歉。"我接通老师的电话，自己先致歉："老师，我回来已跟儿子了解今日发生的事，他很老实地把一切告诉我，首先我要向你道歉，是我的错，我不会教导儿子，我对不起你，伤了你的心……"我在向老师道歉时，儿子的眼泪簌簌落下，我问他："你有话跟老师说吗？"

他点头，接过电话筒，忍着哽咽说："对不起老师。"

老师在电话另一端也哭了。

后来老师告诉我，她再来补习时，儿子当面再向她道歉。

过程中没厉声骂过儿子，也没体罚他，事实上，我从不体罚儿子，也从不吓唬要打他，或是威胁他"你再不听话，我以后不准你看电视"，所谓的"以后"是半天或少至几小时，甚至是几十分钟，不忍心，又让他看了；以"丢掉所有玩具"要挟子女服从，"丢掉"变成"一件不丢"，多几次的"狼来了"，子女便知道父母说说而已，不会真的罚他们，他们又怎会怕？这个是"父母陷阱"，不要踩进去。

工作上，遇过太多只讲不做（lip service）的年轻人，经常被上司责难，但他们心存侥幸，认为上司会像家中父母，骂过便算，继续可迟到上班、不准时完成工作，可是职场如战场，上司就算仁慈不下令辞退，也不会给予晋升机会，吃苦的还不是自小被宠坏的子女？父母一时的狠心，其实是送给孩子一份无形的大礼。

同意体罚是最快得到效果、令子女服从的方法，用痛楚作为工具，方便快捷，但痛了一次、两次之后呢？

这叫我想起念大学时，替一个小学三年级女生补习赚取零用钱，她妈妈叮嘱我："她生性顽皮，责骂她，她不会怕，遇上她不听话，你就用尺子打她手掌，她才会听你的。"

一次补习期间，小女生完全失控，我警告她尽快坐下来做功课，否则会用尺子打她手掌，她不理，还打开手掌邀请我打，我真的打下去，她搔搔被打的手掌心，得意地说："的确有点痒。"毫无惧色，她已被打得皮厚肉硬，第一次打她，可能有阻吓作用，打了十次八次之后，痛楚已不能吓倒她，讲道理才能治本。

儿子犯错，会先做理解："可以告诉我为何你会这样做吗？" 如他自知理亏，他会边交代边流泪。

他的身体没有被打痛，他的痛在自尊上、在他认知的对错标准上、在他所受的教育上。比肉体上的痛，这种痛更痛入心扉、更实在，更能催化他的动力和决心，自发进行改进。

不 体 罚

下班回家，三岁的毛毛头，拿着一支铅笔，试图用力把它折断，我奇怪问他在做什么，"妈妈，爸爸很浪费，他今天折断了一支铅笔。" 毛毛头在废纸箩拿出铅笔的"残骸" 给我看。

问毛毛头为何他也尝试把铅笔折断？

"爸爸能做到，我试试能不能做到。"

问丈夫折笔原因，他说："他刚才太顽皮，我很想揍他一顿，但向来不赞成体罚，我便随手拿起书桌上的铅笔，跟他说：你再不乖，爸爸会打你，爸爸很大力气的，打你，你会很痛，你看我力气大得可以折断一支笔，你最好快快变乖。"丈夫"啪"地将铅笔折断成两半。

从不体罚儿子，但会惩罚他，而且言出必行。

他刚能吃糊状食物时，把他放在高椅上，喂他吃米糊，一吃便吃了一个多小时，很慢，催促他无效，观察一星期，我跟还未太懂说话的毛毛头说："看来是米糊太大碗了，妈妈下次减半碗，你就不用勉强把它都吃掉了。"儿子急忙摇头，"你还是要吃一碗？"他用力点头说："是。"

"你花的时间太长，米糊都放凉了，吃下去对身体没益，明天吃快一点可以吗？"他点头。

第二天，我把一个座钟放在他面前，"今天我们试试用45分钟吃完这碗米糊，45分钟即是长针由12跑到45这个数字的时间，来，我们试试。"儿子花了一个小时。

"今天成绩不错，不过还是慢了一点，要花60分钟，明天要再快一点。"他答应。

结果他还是花了一个小时，连续三天，没改变，明明是做得到的，他就是不做，跟他说："我们已练习了很多天，你还是要用60分钟，明天如果不能在45分钟内吃完米糊，不论你饱了没有，妈妈都会把吃剩的米糊拿走，知道吗？"

45分钟了，他尚有几口未吃完，我跟他说："你看已45分钟了，妈妈昨天说过，吃不完也会把米糊收走。"于是拿起吃剩的米糊，儿子急了想哭。

我跟他说："哭也没用，妈妈早已跟你说清楚，你还是拖慢来吃，明天如果45分钟内吃不完，也同样会被收走。"

翌日，他不多不少，就在45分钟内吃完米糊。

过了一星期，我说："45分钟吃一碗米糊，时间仍是过长，明天我们试在30分钟内吃完，之后不会再要你加快，明白吗？"

第一次尝试，他已能准时，在30分钟内吃完米糊，别低估孩子的智慧，他知道妈妈永无虚言，说了定会做，他才不会自讨苦吃。

除为他健康着想外，同时令他学会信守承诺，答应了就是答应了，不知道对他将来做事有没有帮助，但那是一个人性格的基本要求，孩子成长是需要建立在一些标准上的，这与自由、民主无关，如果没有了标准，自由很容易被滥用。

当他打算养宠物狗时，他分派工作："妈妈负责训练它，保姆主要负责遛狗，我的责任是跟它玩。"

为什么由我来训练？他说："你最会训练，保姆和司机由你训练，我也是你一手训练出来的，你看我多棒。"赞妈妈不忘赞自己，啼笑皆非。

关系需要经营

关系需要经营

长城不是一日建成，经营关系就如储蓄，积沙成塔。

这个"储蓄"，从儿子出世开始。

做传媒不免有些方便，可以内部认购演唱会门票，新戏首映可先睹为快，不用排队买票。多年来第一次在戏院排队买票，是为带儿子入场看动画，排了大半个小时才买到，拿着戏票，觉得特别珍贵。

一年圣诞节，带三岁的儿子去洛杉矶迪斯士乐园游玩，为让他在最佳位置看花车巡游，丈夫先带儿子四处游玩，以免他发闷，我则蹲在花车巡游路线旁占位子。守候一个多小时，气温随着太阳下山渐跌，在寒风中瑟缩着身体，拉紧身上大衣包裹御寒，幸而没冷坏。巡游开始，丈夫抱着儿子观看，一辆辆色彩缤纷的花车、他熟悉的卡通人物在面前近距离经过，以为儿子会兴奋得手舞足蹈，他却因舟车劳顿了一整天，累得睡着了。

　　儿子童年，课余除了踢足球和习泳外，每天还有30分钟欢乐时光，用来看心爱的卡通片录像带，如《比卡超》《维尼小熊》《芝麻街》，紫色恐龙《Barney》、小恐龙《Little Foot》和《忍者龟》，其中有些片集卖断了货，在香港遍寻不获，跟他去加拿大旅行时，特走遍各售卖录像带店铺去搜罗，为的是集齐完整一套，儿子为此开心地拥抱我们。

　　关系经营得好，才有条件管教，儿子自小感受到全方位的爱护和关心，向他作出提点或教导时，他知道一切出于善意和对他的爱，他会受教，从他每年自制

再忙也参加毛毛头幼儿园举行的运动日活动。

给我和丈夫的生日礼物中，就看到他的感恩之情。

他儿时，我工作忙碌，每天有三四小时睡眠时间，本可利用周末好好休息，恢复元气，我却选择每到周末带他去书店和玩具店，争取亲子相处机会和了解他的喜好。

五、六岁时，逛玩具店，他竟挑了小女孩的玩意，一盒可用来自制项链或手链的七彩缤纷宝石塑胶珠，回家路上，儿子拿着放满塑胶珠的透明盒，慢慢欣赏。

相信任何母亲看到儿子买这盒玩具，都会如我般联想出很多问题。

思潮起伏，脑中不断闪现，儿子为何喜欢女孩玩意的问题，几天后终于揭盅，他将一份包了花纸的礼物送给我："母亲节快乐！"拆开花纸，是那盒颜色斑斓的塑胶珠。

"妈妈，我知道你喜欢首饰和宝石，现在送假的给你，长大后送真的给你。"我抱着毛毛头亲了又亲。

跟他说："将来你出来做事，把所有的收入都交给妈妈，好吗？"

毛毛头想也不想："好。"

八九岁时，他的答案变成："我自己也要生活，而且不可偏心你，所以我会将收入，留下三分之一给自己，给你三分之一，给爸爸三分之一。"

十一二岁时，改为："长大后，我要供车供房子，支出很大，所以要留一半给自己，一半分给你和爸爸。"

由全部递减至四分之一，之后没敢再继续这话题，怕再减"家用"。

现在也会跟他做幼稚互动，说说肉麻话。他念大三时，发短信给他："你知道妈妈此刻最想做什么？就是嗅嗅你的气息，真的很怀念你的婴儿气味。"儿子小时候，我总爱捧着他的大头嗅他骚骚的奶味。

儿子调皮地回话："妈妈你的话令我起鸡皮疙瘩，哈哈说笑而已，我也想念你。"

照　　镜

儿子是我的一面镜子，我急性子，每当儿子说话，发觉不认同，会马上打断、指正及反驳他，他多次抗议："妈，你等我把整番话说完好吗？"他的感受是妈妈不愿意花时间听他说话，我的角度是他不肯听取意见，很多时候为此吵得面红耳赤，结果他没机会把话说完，我没机会听他表达，想来有点遗憾，检讨后，已戒掉了这个不自觉的坏习惯。

经营一段关系，双方要互动，互相提升，互相影响，在对待父母方面，儿子受了我的不良影响。

我出生于香港丰收的年代，竞争未算太激烈，想增加收入，可以多做两三份兼职，虽然距离设定最低工资的年代很远，但因事浮于人，人工不会太低，物价便宜，楼价正常，买楼比较容易，只需付楼价的一成，便可以月供方式拥有一套房子，大部分人都可享受20世纪70年代香港经济起飞的成果，安居乐业。

我踏入社会不久，已能经济独立，基于采访生涯，经常日夜颠倒，又需要一个安静的环境做电话采访和写稿，妈妈好客，经常邀友人在家打麻将，当年未有晚上11点后的噪音管制法例，她兴之所至，会耍乐至凌晨二三点，甚至通宵达旦，为方便工作，我二十来岁便开始搬到家附近过独立生活。

自那时开始，每天忙公忙私，每星期尽量抽一天，以及在节日回家吃饭，争取跟父母见面，工时不稳定，令我陪伴他们的时间不多，结婚及儿子出世后，要兼顾的事情更多，跟父母相处时间变成重质不重量，儿子耳濡目染，对我们的态度，是我对父母的态度，心里孝顺牵挂，却腾不出时间。

家父生日，毛毛头与外公外婆合照。

家父年老听觉退化，有时候同一番话要重复很多遍，一次要比一次大声他才听到。我和儿子去探望他，他问我问题时，我为免重复又重复，开腔便大声回答，儿子不清楚前因后果，马上轻拍外公肩膀："公公别怕，妈妈这么大声有吓着你吗？"继而转过来怒目教训我："你为何对公公这么凶。"我解释，他仍是觉得我不对，自此，他大声跟我说话，我抗议，他都会驳回一句："你也是这样对公公的。"他要我感同身受，气得我。有时赌气也是一种乐趣。

儿子素来内敛，很多事情不会交代和剖白，追问也是白问，完全是我的倒模。从小到大，我都不习惯交代和剖白，去了哪里？交了什么朋友？是否拍拖？为何要转工？家母越问我越封嘴，因为觉得她不会明白，不懂得给有建设性的意见，她没跟上社会的步伐，答她一个问题，她会衍生出十个疑问，没耐性跟她纠缠，索性不答。

大环境造成母女间的隔膜。

外公外婆是大富人家，家母是独女，如假包换的千金小姐，有丫鬟待奉在侧，20世纪50年代初，"文化大革命"拆散了她娘家，外公外婆遇害，家母落难，她解开缠裹小足的长长扎脚布，一个女人经历千辛万苦，从湖南长沙走来香港，将仅有的身家，全部用来投资开农场，十指纤纤，要卷起衣袖打理农场干粗活，自力更生，咬紧牙关地挨了过来。

初到香港，在普通话还是叫国语的年代，很少香港人懂普通话，任何人讲普通话都被归类，家母听不懂广东话，说一口湖南口音普通话，被嘲为"上海婆"，言语上的障碍，加上从未独立生活过，入世未深，不懂经营之道，很快农场的资金都亏蚀清光。

落难的时候，遇上家父，人在异乡，家父又能给她安定生活，她嫁给父亲，诞下了我，当中她要学习广东话、适应环境、学做菜、做家务、缝纫、带宝宝，每日最重要的任务是等家父收工回家，端上一碗老火汤给他滋润一下，或一盅炖汤给他补身，典型家庭主妇，俗称的"师奶"。

那年代，香港社会正值转型，由渔村演变成制造业城市，工厂林立，不少妇女都去工厂打工，统称为"工厂妹"。上下班时间，街上拿着饭壶的"工厂妹"比比皆是，多套黑白粤语片配合时势，都以"工厂妹"为题材。

家母没去工厂打工，却像所有草根家庭，为帮补家计，拿胶花、珠链回家加工。念小学时，我和妹妹做完功课的游戏是穿胶花和串珠链。

社会经济环境才刚稳定下来，大多数家庭都要公一份、婆一份，未有足够条件去研究亲子之道和儿童心理学，根本没有经营与子女关系的概念。

家母的管教方法方便简单，只管打和骂。如果当年有虐儿法例，她可麻烦了。

长大后，理解家母没时间和缺乏知识，去经营母女关系的原因，体谅她之余，以她为反面教材，投放大量时间跟儿子相处。

有了人生经历，回想家母的点滴，才懂得欣赏和佩服她顽强的适应能力，在异乡落地生根，入乡随俗，由千金小姐委身变成农妇，由住大屋到一家四口挤住狭小的月租房，有丫鬟使唤变成串胶花的穷主妇，连煲水都不会转而能包饺子、做馒头、煮出包罗万有一桌十多个菜式的年夜饭。她身躯娇小，能量却很大，我的能量未必及她，但适应能力则可跟她比肩。

溶 入 灌 浆

"妈妈，你曾修读希腊神话，应该知道Daedalus（代达罗斯）吧？今天课堂上，教授提到他的故事。"儿子在短信中说。

回复他："妈妈记得代达罗斯，雅典著名的发明家和建筑师，他为Crete（克里特岛）国王建造一座迷宫，用来关押国王半牛半人的怪物儿子，建成后，国王怕他泄露迷宫出路的秘密，把代达罗斯和他儿子Icarus（伊卡洛斯）困在岛上。从水路难逃出去，代达罗斯于是想出用蜜蜡加上羽毛制成一对翅膀，与儿子一起飞出去，事前他千叮万嘱伊卡洛斯切勿飞得太高，否则太阳会把蜜蜡融掉；也不可飞得太低近海面，否则浪花会沾湿羽毛，构成危险。"

"父子俩成功飞了出岛，伊卡洛斯越飞越想飞得更高，完全忘记父亲的警告，结果他飞得太近太阳，蜜蜡融化，上面的羽毛掉落，他直坠入大海丧命。"

这是儿子亲自送上门给妈妈教训他的好机会，"你看不听老人言的结果""所以你时刻要谨记爸爸妈妈的叮咛""年轻人就是不可心高气傲"，但我没搭这顺风车。

说教看年龄，他快20岁了，类似的教训他听过千次百次，现在还一成不变地念同样的对白，他会嫌妈妈老土、没进步、冥顽不化。

与长辈一家晚饭，他40多岁的儿子，倒了少许红酒跟大家碰杯，长辈迫不及待劝阻："你怎么喝酒了？喝酒对身体不好的，你平时也喝吗？"在长辈心目中，儿子仍停留在14岁。他儿子有涵养，微笑点点头说："没有，高兴才喝一口。"尽量少去碰那杯酒，长辈先行回家后，他开怀畅饮，前后判若两人。长辈逼他硬生生撒个白色谎言，并把真我隐藏，自掘两代鸿沟。

长辈成为反面教材，提醒我要紧贴儿子成长步伐，学习接受、承认他已长大。虽然在心理上、行为上频密做微调，也曾有忽略他原来已是个小大人，不再是毛毛头，结果为芝麻小事闹得不欢而散。我觉得他自把自为，他认为我小事化大。怒气过后，两母子互相反思，向对方道歉，和气收场，如不浪费时间在可避免的争执上，应可有更多沟通。

经营母子关系，与经营一段恋爱差不多，时不时令对方意想不到，带来惊喜，不会跌进"乘机教训"模式，他像朋友般跟我闲谈，实在无须摆出一副占据道德高地的长老模样指点他。

他有时会取笑我无知："没想到，你连这个都懂。"

我会回敬："谢谢赞赏。"再加一个笑脸图案。

用"溶入法"建造母子沟通小桥，融入儿子的学习、兴趣和生活，为关系灌浆，当知道他决定念建筑系，趁暑期空档，跟他去西班牙和葡萄牙旅游，参观西班牙建筑大师高迪百多年前兴建、现已被列入世界遗产的圣家大教堂和他其他杰作，包括桂尔宫、米拉之家等，儿子大开眼界。

他其中一个短信兴高采烈道："今天的课题是高迪，还记得他吗？去年在西班牙见识过他的作品，感觉真棒。"我的感觉更棒。

又会来短信分享："Zaha Hadid（扎哈·哈迪德）今天来大学演讲，很有启发性，她是英国著名建筑师，2004年成为首位获得普里兹克建筑奖（建筑界的奥斯卡奖）的女建筑师，当年她53岁，已是得此奖最年轻的女性建筑师。"字里行间似在慨叹，快将20岁的他要成功还有漫长的路。

我开玩笑作鼓励："或许你35岁便获此奖呢？"

儿子的严肃性格回来了："没可能，35岁根本没有人会严肃对待你，一切都讲求年复年累积的经验，还要通过很多关卡。"

"妈妈明白，建筑师的专业很讲求经验和信誉，但很多时，我会给自己一个幻想，就当作是给自己一个目标、一个鼓励，没压力的。"

察觉到，儿子对于闲话家常的短信反应不热烈，若涉及他的范围，他很热衷回应，而且语气雀跃，觉得妈妈也懂得他在想什么，于是我问他："想你必听过Frank Gehry（弗兰克·盖里）吧？"

弗兰克今年85岁，国际知名殿堂级建筑师，1989年已获颁普里兹克建筑奖，名作包括西班牙毕尔包古根汉姆美术馆、捷克"跳舞的房子"等。

儿子简短回复："他是我们大学的'校友'！"

经营一段关系，投其所好是其中一个方法，为与儿子同步，发展共同话题，去看相关建筑书籍，可以在闲谈间，令他感觉到一份隐蔽微妙的沟通，那份被关心的感觉，不是讲一百遍一千遍"我爱你""我需要你"可以代替的。

母 子 摔 角

当几岁的毛毛头阻止我晚上出去应酬："我要你陪我"，我实时把应酬减至最少，留在家中陪他，但他其实不需要我，他匆匆忙忙吃完晚饭，跟他聊天，他不耐烦，因为要赶着享受他每天仅有半小时看卡通片的时间，他不要任何人骚扰，紧接着是上床睡觉。

情况持续了三个星期，我每晚就是催促他吃饭、关电视、上床睡觉，十足人肉闹钟，觉得可有可无，于是我向儿子投诉："我想妈妈晚上可以开始出街了，妈妈陪你，你却不陪妈妈，不跟我说学校和同学的事，只顾看电视，睡觉也不用妈妈说故事，妈妈觉得很闷。"

儿子听罢，没做声，如常地放下碗筷，走到电视机前，机械地按着电视。

电话铃响起，是友人找我闲聊，向她透露我已回复自由，随时可以出去晚饭。挂上电话后，儿子马上关电视，不再看他最喜爱的卡通片，若无其事地走到睡房去，不一会儿，手上拿着两个陀螺："妈妈，来，我们一起玩陀螺。"我不大会玩，儿子悉心指导，我玩得不好，他鼓励我，玩了十五分钟，我问儿子："你是为陪妈妈玩，连电视也不看吗？"

儿子点了点头，他也明白关系是互动的。

修理指甲是我兴趣，我是家中的"美甲亲善大使"，小时候家母去理发店做发型和美甲，会把我带在身边，怕我无聊，会让美甲师替我修剪指甲，不过不准涂甲油，日积月累，学会美甲技巧，十多岁开始，替自己和父母修剪指甲，包括脚趾甲，那份感觉很温馨，十只指头整洁得体，他们每只手指拿东西、做动作、接触人都与我息息相关，脚趾甲的方角、厚皮、脚茧都修得妥帖舒服，虽未能步步跟随，但他们走路走得舒服都是我的功劳。

搬到外边独立生活后，我的修甲服务不知不觉间停止了。

毛毛头出生时，手指幼瘦如牙签，骨肉粉红透明，指甲比红豆还要小，第一次替他剪指甲，战战兢兢，怕弄伤他，从小我就是他的专用修甲师，修理指甲是我俩单独静静倾谈的时刻，他的手脚日渐长大，至高中时，腿已重至压得我动弹不得，让他把脚搁在沙发垫上，才能替他修理脚趾甲。

大一放假，仍很享受妈妈修甲。大二回家时，他觉得尴尬："不用了，我已学会怎样剪。"儿子长大，顿感失落，被儿子需要的快乐感唯有在记忆中找寻。

儿子四五岁，跟他最亲密最多身体接触的时候，是玩母子摔角，跳上睡房的双人弹簧床，角力，看谁能先把对方双肩按在床上达10秒，便算赢，他最爱玩这游戏，工作再忙，回家都必跟他打场摔角。

骤听觉得摔角暴力，若果真的打将起来，当然暴力，当作游戏，则有几个好处：可以与儿子近距离接触，也训练他的灵活变通，手脚协调，打摔角要赢不单靠蛮力，还要懂得借力打力，看准机会，四两拨千斤，愿玩服输，输要有风度，赢也要有风度，用体能游戏训练思考，易明易入脑，又可消耗男孩子过剩精力。

同时训练意志，四五岁的他，身型、体力都输给我，他处于下风，被压倒床上，给数一、二、三、四……短短十秒时间，他会拼命地挺身，将双肩左右摆动企图抽离床褥，挣扎推开我。我会装作被他推开作为鼓励："好厉害，以为你输定了，你竟能逃脱。"

在念书、工作和处世过程中，少不免会遇上低潮，就是只有十秒机会，也要力争摆脱困局，不轻言放弃。

儿子七岁后，没再跟他摔角。因为他身型高大，七岁时要穿十岁孩子尺码的衣服，力气如牛，在一次摔角中，他"轻轻"挡开我的手，力大得令我右肩脱臼，有劳医生驳回。

自此，儿子学会了：有时候，要点到即止。

后来念中学，他成为了英式橄榄球迷，加入了校队，学会埋身拦截抢球技巧，他会用来吓唬我，大力熊抱作势要推倒我，吓得我呱呱大叫，他便满意地收手。

看着他结实的二头肌，想起他小时候，有很多个晚上，坐在他床沿替他扫背，哄他入眠，不少朋友警告说这样会宠坏他。可知道，十岁是他从小孩迈向大人的分水岭，十岁前，嚷着要讲枕边语伴他入睡，十岁后，睡觉，把房门关上，非请勿进，休想碰他，要宠他，他也不要。

谈 死 亡

十岁是我成长迷惘期，尤其对死亡极度恐惧，晚上睡觉，深怕一睡不起，感觉无助，不断问上天为何人会死，死后会去哪里？想起家父家母终会走到生命终结时，心肺剧痛，承受不了。联想到土葬会被蛇虫鼠蚁蚕食身体，痛吗？火葬被熊熊烈火焚身，太可怕，为此睡不安宁，害怕得把脸埋在枕头里哭，眼泪沾湿半个枕头，哭累了才能入睡。没向家父家母求助，他们不会明白，不想吓坏他们，不知何时噩梦随着年月，无声无色自动消失。

担心将来我们百年归老，儿子会极度伤心难过，于是预早替他做足心理准备。

香港寸土尺金，近年墓地难求，骨灰龛闹短缺荒，很多人迫不得已，将先人骨灰用胶桶盛着，存放在殡仪馆储存仓，储存仓也快被挤满，传媒天天报道有关消息，谑称"香港人死无葬身之地"，多个骨灰龛场又被揭发违规，政府急急规管，推出政策及觅地建骨灰龛场，遭各区市民反对，反映人的自私心态。一边高叫迫切需要骨灰龛场，一边又严阻在居住的区分内兴建，理由五花八门，例如影响风水，造成交通挤塞，烧香烧冥镪污染空气，打斋诵经制造噪音，会引起居民不安。总括言之，骨灰龛场要建，可以在他区，绝不允许在本区。

儿子看了新闻，问："为什么要另找地方放骨灰，父母骨灰应放在家里。"

"你会将妈妈骨灰放在家中吗？"

"当然会。"

"你太太可能不高兴或者害怕的。"

"怎么会？她也可以将她父母的骨灰放在我们家里。"

"那我要提醒你，妈妈有幽闭症，害怕困在不见天日的地方，你千万不要把我锁在保险柜里。"

"好的，那放在电视机旁，方便你看电视。"

"妈妈有时会怕吵，不可以长期放在电视机旁，最理想是闲来看看街景。"

"那还不容易，我一天放你在电视机旁，一天放你在窗前，天天换位置，你不用怕闷。"他态度从容，令我放心。

2012年，家母病逝，丧礼采用道教仪式，道士诵经声音震耳，不停烧香烛衣纸的烟熏得大家双眼发涩，泪水流不停，各人要听从堂官指点，举行破地狱祭礼，在灵堂不停兜转，走金桥银桥，担幡买水，又忙着向辞行亲友作家属谢礼，一片愁云惨雾。

替家母办妥后事，跟儿子说："将来我要一个开心轻松的丧礼，作为对生命的歌颂，开个派对，用我至爱的香槟、美食招呼亲友。"

"那应该在你死之前开这个派对，你才可以感受到欢乐气氛，死后办个简单仪式就可以了。"对，什么风光大葬都是做给在生的人看的，躺在棺材里的人根本一无所知，何必大费周章？

有位九十岁高龄的伯母，年前过身，她思想豁达，叮嘱子女，不要替她办丧礼，私下进行火化仪式后，举行名为Celebration of Life（赞颂生命）的追思会，让好友们聚在一起怀念一下她。由于她喜欢色彩缤纷和热闹气氛，子女们请大家不需穿素色衣服，并恳辞鲜花，免浪费，所有帛金按伯母遗愿，全数捐给慈善机构，决定向她学习。

一兵司令

一 兵 司 令

一个在职妇女，要兼顾家庭，需
要一个服从性高的助手，像士兵听命
于司令，我所统领的大军，就只有一
位忠心耿耿的士兵，她就是毛毛头的
保姆。依美达，菲律宾人，在她尽心
尽力照顾下，儿子健康成长，每天整
洁上学，早睡早起，准时安全穿梭补
习社兴趣班，功不可没，感激她在我
事业拼搏期，令我无后顾之忧，有时
会认为她是上天派来的天使。

政府容许输入外劳是德政，菲

我的"一兵团"依美达。

佣、印佣、泰佣，很多妇女因而安心出外工作，增加家庭收入，提高生产力，妇女不再被困家中埋没才能。

依美达不是儿子第一个保姆，自儿子出生后，几乎每半年换一个保姆，不是因为卫生意识低，就是欠财务公司钱，遭上门追债，非开除不可。直至儿子两岁，由朋友介绍，遇到依美达，约她在中环一个咖啡座面试，远远见到她，已决定聘用她。

年轻，衣着朴实，没化妆，步履轻盈，样子开朗，眼睛圆圆，没留长指甲，没涂指甲油，交谈中，发觉她英语说得标准，表达力高，态度亲切，爱笑，有点害羞，只略有育儿经验，这个不重要，我可以教她，爽快地跟她签约，生怕她被别的雇主抢走。

安排她与儿子同屋，方便半夜喂奶换尿片，初期在房间安装了传声器，晚上开启，半夜儿子哭，我们隔着房间也听到，马上起床到儿子房间去查看，依美达必已起床换尿片喂奶扫风，儿子很快便安然入睡，观察了两个月后，对她有十足信心，把传声器拿走。

为清楚知道儿子每天吃了什么、喝了几盎司奶和水、大便小便的次数、几点睡午觉、睡多久，叮嘱依美达写"育儿日记"，下班回家会翻看了解，依美达每个细节都记录得很详细，负责家务和煮饭的另一个菲佣，都称赞她照顾儿子无微不至，很有耐性，这是很难得的。别以为菲佣漂洋过海，离乡背井，在异地共事同一屋檐下，便守望相助，相反，她们恐防对方得宠，钩心斗角，打小报告中伤对方，多年来遇过不少这样的菲佣。我的策略就是关上耳朵，不听任何是非，只相信自己看到的，谁表现好，便赞赏，表现失准的会责备，鸡毛蒜皮纠纷都公说公有理，婆说婆有理，清官难审，省得浪费时间精神。

在教导儿子方面，她完全配合我的设定，为训练儿子小手指的肌肉，一岁多开始要他拿着笔写字或乱画，为提起他兴趣，先让他在纸上乱画，待他习惯了，才规定他每天写一个英文字母十次，为考幼儿园铺路，并定下每天写字时间，培养他对上学跟随时间表的观念，由依美达负责执行，将每天儿子写的生字放在我书桌上，在她提醒监督下，儿子交足功课。

为加强孩子投考名校竞争力，不少父母，在幼儿牙牙学语，刚会叫爸妈时，便要幼儿学讲自己的名字、年龄、住址，要学念A至Z，数1至100，学1+1，学2-1减数，背九因歌（1至9乘数表）及念唐诗"床前明月光……"，填鸭式要他们死记，以应付面试，儿子也不能幸免。

教儿子用中文数1至100，学习加减法及念乘数表，上班后，就由依美达接力，用英文替他温习，儿童脑部发展专家杜曼博士（Glenn Doman）指出，孩子在五岁前有能力学习多于五种语言而不会混淆，就用这方法训练儿子，效果甚佳，他能应付中英对照及中文繁简体外，又会用菲律宾语跟保姆沟通。

除教阿拉伯数字1、2、3，亦教儿子写中文一、二、三，依美达是土生土长菲律宾人，不会讲也不写中文，因需要她配合，我先替她补习，用拼音教她念和写一、二、三，以后儿子写笔画更多的中文字如大、小、人、心等，我也是用同样方法，先教依美达，包括笔画的顺序，她聪明肯学，一一学会，儿子在旁看着，不敢偷懒。

根治王子病

几乎每个见过依美达的同学家长都赞赏她，接送儿子上学放学，不会自顾自与其他菲佣聊天，不会讲手机，双眼全神紧盯儿子，儿子的校服永远干净整齐，不会扣错衫钮，儿子弄污手脚，马上会替他清洁。他们说依美达是他们所见过最称职的菲佣，有家长私下出高薪挖她走，她都以"雇主对我很好，我工作很愉快"为由婉拒，更可贵的是她从没向我提及，乘机邀功。

陪同儿子跟我们出外用膳，她会事先悄悄填饱肚子，用膳时全程照顾儿子，怎样游说她尝尝餐厅的美食，她都会笑着以减肥为由说"不"，旁人不知道还以为我们为省钱，逼她饿肚子。

人影响人，依美达有修养、爱笑、善良、守时、为他人着想和有责任感，对儿子日后的成长有好的影响。

可是她的害羞礼让个性也直接影响了儿子，每逢排队她总是越排越后，因为她会让人插队，理由是"对方可能赶时间"，儿子受她感染，很会体谅人，很礼让，排队乘公交车，他会被人挤到最后排，很吃亏，要时刻提醒他，合理的礼让可以，但若不合理时，就不可怯懦。因为人性习惯得寸进尺，会感激别人礼让的人万中无一，排队被迫落后排事少，在事业、学业、处世、竞争上让人插队便吃亏，时刻提醒他，要学会保护自己。

朝夕相处，待依美达如家人，儿子视她作亲姊，不同的是这个亲人不单不会责骂他，更对他照顾周到，所以年幼时他经常扭着依美达亲吻："我爱你，依美达。"令依美达很尴尬，怕惹我们不高兴。我要学习的是不妒忌、不生气，知道当儿子长大，自然会区分他对依美达的爱，跟对父母的爱截然不同，就像他随着年纪，不用强迫也会自动戒奶戒尿片。

依美达照顾过分周到的恶果，在儿子七岁时浮现。

那年暑假，带儿子去美国探亲，跟以往不同，此行没要依美达同行，相信儿子应有足够自顾能力，再要保姆跟随，很易会有王子病。

入住酒店安顿后，临睡前，让儿子洗面刷牙。他站在洗手间内，呆看着洗手盆，良久没有动作，原来他不懂挤牙膏：每晚依美达都会给他注一杯清水，杯面放上已挤了牙膏的牙刷给他漱口，他从未挤过牙膏。相比我七岁时就要自己煮午饭吃，他太骄纵了，我拿着牙膏示范："看，好好记着，我只做一次，从今开始，你要自己挤牙膏。"

要洗脸了，他呆望着他的小面巾，这回的问题是，弄湿了毛巾后，他不懂得怎样扭干，我又做一次给他看。

翌日出外，他绑鞋带时，显得鸡手鸭脚，原来他不太会绑鞋带，在他左脚示范一次，右脚留给他自己绑，即学即会，他不是学不会，是没机会学，既然有人代劳，怎会愿意学？依美达把他宠坏了。

香港大部分中产的小孩都有公主病、王子病，主要原因来自外佣，普遍一个外佣照顾四个人，一对夫妇和一对子女，有时更要一人服侍七人，有老有嫩，买菜、煮三餐、洗衫、清洁打扫、送小主人上校车、陪老人家去见医生，工夫没完没了，她要尽快完成眼下的工作，赶快做下一项。

早上要准时送孩子出门上学，为免孩子动作慢耽误时间，求快捷方便，洗脸刷牙穿校服穿鞋，外佣一手包办，孩子像个洋娃娃任由摆布，如果可以，外佣巴不得替孩子三扒两扒把早餐吞下肚就更省时。

依美达专职照顾儿子，一对一，无需赶工夫，她以为职责就是无微不至服侍儿子，却宠出王子病。

从美国回港，一天放学后，儿子在房中做功课，不小心掉了一张纸在地上，他未出声，依美达已经弯腰预备替他拾起，"不要替他拾。"我阻止。

依美达缓缓伸直身子，儿子强硬地对她说："替我拾起那张纸。"

"是谁把纸掉在地上的？"我问他。

"她是工人，她应该替我拾起来。"已经有宾主观念了。

"不是工人与否的问题，是你弄掉的，你就有责任拾起来。"

"不，她拾！"

让依美达先出房，房中剩下儿子和我单对单。

"老师没教你要尊重人吗？听到你刚才的话，我很失望，你没学会分辨对错，依美达是domestic helper（家务助理），不是奴隶，她用青春劳力睡眠来换取酬劳，她悉心照料你，爱护你，你不仅没感激，且不尊重她，竟无理无礼地命令她，替你拾起一张你自己弄掉的纸，太过分，也太依赖她了，或许应把她辞退，让你好好学习尊重和自立。"

"不要！不要！"吓得他大叫，他清楚妈妈言出必行的性格，即刻答应以后会改好。

王子病已成形，必须甩掉，当着儿子面跟依美达说："从今天开始，除了接送上学放学，预备他的食物、打扫房间由你负责，他穿衣、绑鞋带、吃饭、刷牙、洗脸、洗澡、收拾玩具、整理书包等，一切有关他个人的事，他自己负责自己做，你可以从旁协助，但不许代劳。"

同时提出警告："我宁愿宠坏你，也不容许你宠坏他；我宁愿放弃一个得力的保姆，也不要一个纵坏儿子的保姆。"这是依美达来我们家以来，我跟她说过的最重的话。

儿子知道妈妈说一不二，随时会因为他不听话，导致与他情同姐弟的依美达被开除，因此他也不再横蛮要求依美达做他的手和脚。

如果伤心可以转移

依美达是一百分的执行者，她真心爱惜儿子，不肯宠坏他，为开导他，她的角色由保姆变成严厉老师，她判断了事情应由儿子做，不论儿子怎样软硬兼施，要她代劳，她都坚拒迁就让步，一时间，儿子未能习惯，两人经常为琐事争拗，发起冷战，互不瞅睬，有段时间我下班回家，像多了个爱撒娇的女儿。

"他刚才不肯收拾玩具。"依美达讲冷战原因。

"她太小气太计较，连动一根手指也不肯。"儿子投诉。

我变身严正法官，俨如玩锻炼脑筋反应的益智游戏，先听取双方陈词，才做判决，判决的原则是要他们各有输赢，作出平衡，尤其不能偏帮儿子，否则削弱依美达管教威信，最后我这家事法官做出调停，儿子搬不动的玩具，依美达可以出手帮忙。

对儿子的起居，依美达没怠慢下来，接儿子放学，依旧会带着他爱吃的点心和水果，给他在回家车程上吃，天天不同，由她亲手制作。

有段时间我身兼数职，强大后盾是依美达，我在前面冲锋陷阵，除挂念儿子外，不用担心他是否吃得饱穿得暖，都说她是上天派来的天使，给我机会寻找工作满足感，不会有"如果我不是要照顾孩子，我今天应当怎样怎样"的遗憾，完全回绝我在工作上，不能悉力以赴的借口。

菲律宾妇女传统早婚，依美达为照顾儿子，与男友的婚期推延又推延，至过了30岁，她跟我说必须回乡与男友举行婚礼，否则会失去一段好姻缘，婚礼后，她会回来继续照顾儿子。

心情如女儿出嫁，翌日去买了一对足金龙凤手镯给她做嫁妆，另一负责家务、已婚产子的菲佣羡慕不已，开玩笑说，她想再结一次婚。

"我们不打算铺张，我不穿婚纱，穿一套白色裙子就好了。"人生大事，仍贯彻朴实性格，为了那袭白裙，她烦恼极了，仅穿一次，节俭的她不想花费，却又要得体。

她身形跟我差不多，我打开衣柜，任她挑一件她认为合适的，谦卑的她要求我替她挑选，我依随她简约的性格选了白色衣裙套装送给她，她欢天喜地回乡成亲去。

回港后，她给我看结婚照片，留意到她腕上没戴上龙凤金镯："财不露眼，尤其在我们乡下地方，很危险的。"

受她影响，儿子自少警觉性极高，进了大学仍不肯用最新款的手机，不戴名牌手表，"我不想惹麻烦。"他解释。

营养丰富，睡眠充足，热爱运动，儿子像河边粗生的芦苇，长高得很快，校服裤子每半年要加长一厘米，清脆童音开始走音，快转成人声线，正式步入青春期的征兆，依美达不适宜继续跟他同屋，他不再需要保姆，烦恼的是，不忍心辞退依美达。

依美达来了7年，每天24小时，每月除了4天假期外，跟儿子相依为命，疏于买菜做饭，要她入厨，跟要一只7年没练习飞行的鸟儿，再度飞行般困难，分配打扫、吸尘、抹窗等家务给她，又觉大材小用。

从简单宾主角度出发，她已失去价值，按理依足赔偿辞退她，没任何亏欠，可是她对儿子的付出多于一个保姆，她是家人，她给了我7年全程拼搏的自由，对她心存感激，不可能辞退她，可是该如何安置她呢？

深感烦恼之际，有一天，她忽然辞职："丈夫要我回去生孩子，是时候了，以我年纪，再迟便难怀孕。"水汪汪的眼睛，跟7年前第一次见她一样，真挚无邪，她难道真是上天派来的守护天使，替我带好儿子便回家？

两个月后，她返回菲律宾为人妻、为人母，不再回来。

自小，有任何关于儿子的重要事件会发生，必提早跟儿子做心理按摩，"两星期后会带你去幼儿园面试""暑假后会上小学了""下个周末会带你出门"，给他时间调节心理，他会应付自如。

伴随他7年亦姊亦仆的保姆，要永久离开，对儿子是很大的震撼，两个月足够他做好心理准备吗？

"为什么依美达不可以留下来？"

"菲律宾是她的家，她要回去。"

"这里不是她的家吗？她不爱我们吗？"

我心头阵阵疼痛，儿子一直把她当成家人，没想过她会离开，他不能相信她真的要走。

"她的爸爸妈妈都在菲律宾，她要回到他们身边，她丈夫也在等她，她将要生小孩做妈妈，很忙，不能回来，就如你在学校，你爱老师爱同学，放学了，你便要回家，她现在是放工回家，待有假期，我们可以去探望她。"

他很平静，自此没再提及这话题，没哭，我却宁愿他哭。

念及他将来要面对更多的生离死别，替他痛，眼泪汩汩而下，如果伤心可以转移，定飞身为他接收。

时间没因不舍停下来，依美达要走了，是个星期天，依美达订了下午的机票，留空上午与儿子话别。

寻常的星期天，儿子起床吃过早餐，会玩耍一阵，这天他一反习惯，竟拿出功课来，自顾自地埋头写，没跟依美达说一句话，没半点离情别绪，依美达要出门去机场了，他没抬头，平静沉默。

依美达双眼早已哭得红肿，眼泪水珠般流下，泪眼望向儿子，"我走了。"声音颤抖。

以为儿子会过去给她一个拥抱，会哭诉舍不得，讲出心里的感受，没有，只一声"拜拜"，声线平和，头也不抬，眼睛看着功课。

依美达关上大门，走了。

"赶功课吗？"我问儿子。

他点点头，继续。

难道两个月时间的心理辅导功用这么大，竟能将不舍之情化为乌有？

一个月后，有位好友来家里吃饭，见不到依美达，问原因，儿子目无表情答："她在今年某月某日，乘搭某某某航班，起飞时间是某时某分，返回菲律宾了，不会回来。"像在课堂上给老师精准的答案。

感觉到他的痛，他早熟，理智，知道事实不会因为他哭和伤心而改变，唯有无奈接受，把一切都埋在心里，这个孩子最叫我担心的就是这一点。

未几，儿子生日，依美达传来短信祝他生日快乐，我拨了个长途电话给依美达，让儿子跟她叙旧，儿子把近况都告诉她，两个人像小别的好朋友，有很多话要跟对方倾诉。

一年后，依美达报喜，她诞下女儿，特地要我起名字，我觉得叫Joyce很适合，开心欢乐像依美达，后来依美达告诉我，她把女儿改名Joyce，此外还加了我的英文名字，在女儿名字和姓氏中间。

之后，我们一家三口特地到马尼拉旅游，目的是探望依美达，菲律宾是千岛之国，依美达住在距马尼拉一小时机程的小岛，给她买了机票，邀她到马尼拉聚旧。

"对不起，我刚诞下第二个儿子不久，正在坐月子，不方便出门。"

"带两个小孩辛苦吗？"

"我请了两个保姆照顾他们，所以还好，我把你从前教我的育儿知识传授给她们，非常受用，她们对我一对子女很好。"

我有她一个守护天使，她的回报是两个。

最佳合伙人

最佳合伙人

与最佳合伙人，来到2015年，共度了30个春夏秋冬，数字上是个漫长岁月，感觉却是岁月匆匆，晃眼过去。

两个人携手度过人生的风高浪急、阳光灿烂、危机四伏、雷电交加、风和日丽、炎夏寒冬、乘风破浪、过关斩将、同笑同哭。一个人的事，两个人共同面对，有双剑合璧的默契，也有各持己见的矛盾，有利有弊，有时令人沮丧得想把头埋在沙堆里，不闻不问不睬不睬，忽然又柳暗花明，晴空万里，有偷泣，有狂喜，有忧愁，有称心，有始料不及，有意料之内，有坦白，有隐瞒，有责难，有原谅，有刺痛，有窝心，有鲜花香槟，也有苦水寂寥。

两个性格南辕北辙的个体，共同建立一个家，性急遇上淡定，冲动撞上冷静，严谨碰上宽松，矛盾频生，放下坚持，以为自己委屈迁就，原来对方无限委屈，相互感动、歉疚、做检讨，一个一个关口闯，学习、磨合、体谅，渐渐培养出默契，过程是成长的养分。

不能骄纵儿子，对另一半则有骄纵的义务，所谓骄纵是加倍包容，遇上事故，不论对错，不落井下石，反而加以安慰，减轻对方心理负担。

驾车，以低速转弯，竟被一辆不知从哪里闪出来的房车撞到，呆了片刻，继而是愤怒、心痛，又不知所措，坐在身旁的丈夫，冷静下车查看损毁程度，并报警，警察到来调查，丈夫从旁协助，仔细从多角度拍下意外的相关照片，他没跟对方理论争辩谁对谁错，只镇定和平地处理一切，他的镇定亦镇定了我的神经。

意外没人受伤，可私下和解，丈夫嘱我放心，他会代为跟进。

离开现场后，我跟他探讨意外的责任谁属，丈夫没判对错，只道："不关你事，你是为我们家挡煞而已。"

没听过比这更好听的安慰话。

见过一对夫妇，从香港飞美国，太太被计算机抽中要在机门前的安检站，再接受检查，那是很平常的事，我几乎每次飞美国都要过这关，那位太太显然是第一次遇上抽样安检，被吓得手足无措，很紧张，同行的丈夫不是安抚受惊的太

婚纱由张天爱设计。

太，反而当众对着太太咆哮质问："你做了些什么？为何偏偏抽中你？"正被安检人员搜查手袋及手提箱的太太声音颤抖："我怎么知道？"那位丈夫还要责怪太太："你真麻烦！"

那位丈夫的行为反映他无见识，不知道这只是循例检查，同时暴露了他的怯懦，不敢直接向安检人员查问原因，反而质问根本不知发生什么事的太太，摆明是拿她出气，可推断他是个自私的丈夫，不理太太感受，在她最需要丈夫安慰时，得到的却是被嫌弃麻烦。

夫妻是否珍惜对方，不单是口头说我爱你，而是有需要时替你承担，你六神无主时不会责备你，撞了车为减轻你的自责不快，指是为家人挡煞，令你释怀。事情既已发生，不能改变，又何必令对方难受加难？

年少气盛，曾为一时之气，用具核弹杀伤力的说话互伤对方，怒气平息，事过境迁，才知道原来大家在恶言脱口后深感害怕，恐收不回来。

渐渐悟出一个处理不满情绪的方法，很简单，不要用显微镜看尘粒般的事情，把镜头拉远点，再远点，抽离环境，尽管往对方的好处想，搜寻他做过令你感动难忘的事，怒火会缺氧熄灭，光翻对方缺点旧账，是女人的通病，憎恨情绪会一发不可收拾。

我出生时，家父创办的运输公司刚起步，经营困难，家母每每要追索家用，家父会因此大发脾气，早上问他，他生气，迷信未出门接生意便"失利"，厉言拒绝，夫妇俩为此大吵起来；晚上向他拿家用，又会控诉家母不体贴他整天在外为口奔波，开腔就是要钱，为了钱，吵个不停，我害怕得躲在被窝里流泪，心里哀求他们不要再吵了。

　　家父家母脾气火爆，随时随地一触即发，三句不到便骂人，其实不过是借故宣泄生活压力和不满。

　　"你这样对待我，将来必定令你双倍难受，不得安宁。" 家母年轻时，跟家父吵架定下的咒语。

　　未满十岁的我，耳闻目睹这一切，很害怕，跟自己承诺，不会要自己的孩子有这种可怕的经历。

　　专家调查指出，家无宁日，令子女终日生活在惶恐中，不快乐，影响荷尔蒙分泌，阻碍发育，一般身型会比较矮小。看看自己的身高，觉得不无道理。

　　妹妹生于好时年，家父生意上轨道，与家母争吵减少，下班会带玩具回家，家母会预备炖汤给家父补身，气氛融洽得多，可能因此，妹妹长得比我高大，常被误会是姐姐，也不是太坏的事。

　　步入晚年，每隔一段时间，家母便重复又重复那报复咒语，她在催眠自己、折磨自己，旧账簿越积越厚，记忆中只有憎恨。后来她患上脑退化，对于眼前的事物视若无睹，听若罔闻，把自己困在旧账簿里，恨意未消，继续在自闭的世界自我折磨，凌晨三四点会拍醒家父，数出当年的不满，说出心中的怨懑，折磨得家父晚晚提心吊胆，很可怜。

　　虽然不是教徒，却是 "不可含怒到日落" 的信徒，奉行不含怒入睡，跟丈夫有任何冷战争拗，必要在睡觉前解决，把心中的不快、不满、质疑、烦恼、想法，清楚说明，绝不含糊，问题未解决，不睡觉，解决了，10秒入梦。

　　情况如倒掉每天的垃圾，不会堆积发臭，滋生病菌。

百世修来同船渡，千世修来共枕眠。气昏了头，也不会用离婚做武器，一句离婚，就如替一个胀满的气球泄口气，每说一次泄一口，渐渐把气泄光，离婚之日不远了，为一时之气，不值得。

击 掌 为 盟

得到丈夫信任和配合，在带儿子的过程中可算风和日丽，晴天多，阴天少，偶有雷暴，很快会回复风平浪静。

经常看到身边为人父母的夫妇，在管教子女的理念和方法上有分歧，起争执，不由分说，在子女面前各持己见，互责不是，令子女无所适从，安全感跌至零，渐渐洞悉家中权力核心谁属，向权力靠拢，紧抱"救生圈"。

父母在管教上欠缺共识，子女本能学会自保，自小锻炼出看风使舵专长，够资格做不分青红皂白的墙头草接班人，难免被标签为"顽皮难教"。

养育孩子是人生重任，没必要患上高龄产妇的压力而仓促决定怀孕，事前先盘点经济能力、精力和时间，能否给孩子温暖快乐的家，深思熟虑后才怀孕，期间做足准备。

主理娱乐周刊多年，为追新闻、赶截稿期限，日夜颠倒，食无定时，长期承受巨大压力，健康千疮百孔，所以先跟随气功师傅练功调理身体，在最佳状态下怀孕，给宝宝打好先天底子，那关乎他一生的健康，既决定带他来这世界，有责任令他健康活泼成长。

趁放假待产，读了一批关于儿童心理、育儿知识的著作，作为胎教和增进亲子之道，从中深彻明白夫妻关系好坏，直接影响孩子的身心发育。

防患未然，在儿子呱呱落地前，与丈夫击掌为盟，要紧密维系一家人的关系，外面如何风云骤变、雷雨交加，在家的四面墙内是恒久的阳光绚烂，欢笑声多，争吵噪音微弱。

虽然念初中时已是校际辩论代表队，却反对在家中以斗嘴赢对方为目标，因而贫嘴、指责、出言奚落、羞辱、挫折、攻击对方，气上头来，很容易说了收不回来的话，很多婚姻关系破裂，就因冲口而出的一句狠话。

跟丈夫约法三章，在儿子面前，两夫妇对话，必须谨慎，用鼓励代替纠正，用婉转代替直斥，为对方建立权威，不是破坏权威。

遇上丈夫如不同意我意见时，他会说"你这个说法很新鲜，我要先消化一下"或"这个我倒没想过，确是个不错的提议"。

遇上复杂的问题，不是简单三言两语可达成共识，便会开小差："不如到书房去，你详细给我讲解一次。"得到共识，再由接受意见的一方，去跟儿子跟进："我觉得爸爸的话有道理，所以我赞成。"身教他以理服人的意识，同时愿意听取善意的意见。

工作上，碰到太多主观好胜的年轻人，拒绝虚心聆听，热爱固执，不必要及不自觉地破坏人际关系，导致被孤立，把事业推向一筹莫展。

毛毛头会否耳闻目睹，学懂虚怀若谷，令前面的路更宽阔顺畅，天晓得，一切在于他的悟性。

我们不是都听过"不听老人言，吃亏在眼前" 吗？却还是选择不听父母忠告，吃了亏，在青葱岁月中兜转，终会经一事长一智。

小 题 大 做

念小三的严冬，气温降至8℃，北风呼呼，天色阴暗，八岁的毛毛头穿上短袖单薄格子校服衬衣预备上学，吓我一跳，提醒他天气寒冷，要穿上毛衣或制服绒褛上学，"不用，我不冷"。

带他走出露台，"你感受一下，冷吧？" 穿上棉袄毛绒长裤的我问。

他摇头："一点不冷，学校所有同学都不用穿毛衣的。"

"你在南方出生，跟外国人体格不同，你会着凉生病的。"

"不会。"他坚持。

"妈妈已提醒了你。"

"我知道。"他出门上学去了。

　　心底里非常明白，我跟家母一样，犯了"妈妈病"，啰唆，事事问到底，整天提醒带外衣、带伞、带功课、别忘记这、别忘记那，烦得要命，我曾经跟自己许诺：我不会是这样的妈妈，结果步了家母后尘也不自知。

　　当晚他鼻涕淙淙，喷嚏频频，发烧，病倒了，不能上学，赶忙见医生，诊断他患上感冒，他自动乖乖吃药，更嘱保姆设闹钟，半夜也要给他服药，望能在周末举行的足球比赛前痊愈，可以参加比赛。

　　他大开中门欢迎病菌，病菌当然不客气，一直缠绕到周末，发烧虽已退，却全身乏力，医生叮嘱，身体虚弱，容易再受感染，不宜外出，他连做啦啦队的机会也没有，呆坐家里。

　　忠告如咒语应验了，收到效果，但孩子记忆如金鱼，很短暂的，过一阵子，事件重演，又得不胜其烦忠告，儿子知道非唬吓虚话，不再抗拒，立即接纳。

　　但孩子的冒险精神浩瀚如大漠，回想自己不也一样？咳嗽，被劝谕警告禁冻饮，不理，咳嗽真的加剧，自此才会在咳嗽的范畴听从劝喻，下雨要带伞？看电视多了会患近视？是另一回事。

　　令儿子信服的飞行里数，靠每一次不幸言中累积。

　　儿科医生好朋友提醒，对于幼儿发烧不可掉以轻心，要尽快退烧，否则容易引发痉挛，严重的会失控咬断舌头致命；又或会引发脑膜炎，对身体造成永久性伤害；发烧拖延治理会烧坏身体器官，后果严重。

　　丈夫受吓如惊弓鸟，每当儿子发烧，会彻夜不眠守在他床沿，每小时替他量体温，准时喂药，额头敷冰降温，直至翌晨保姆接班，他才小睡两三个小时再去上班。

"我看着儿子，你便可安心入睡。"每次都让我争取睡眠，由他挨更抵夜。

互相补位，就如球赛打双打，一前一后，一左一右，球赛有输赢，在亲子场上，没有输赢，不将球打出界，顺利过网，已是恩典。

虽早有默契，跟丈夫不分奸角忠角，但我的性急严谨与丈夫的淡定轻松，划分了角色。

我属于行政部门，很功能性，好听的说是总务、是秘书，实质是杂工；丈夫属于康乐部，踢球、打游戏机、看球赛、说笑话、煮美食，两父子相处，笑声多于说话，跟我，则经常争持不下，已被定性为奸角。

饭桌上，儿子用筷子挑选碟中饭菜，"太没礼貌了，不是说不可以这样挑饭菜吗？你忘记了？"

"这是家里，我才会这样，在外面我不会。"

"就是怕你习惯了，在外面依旧这样，便太没家教了。"我在小处上非常执着。

儿子正步入要证明自己长大、有独立思想的阶段，哪肯就此罢休，跟我驳火，丈夫见状："儿子，你过来，爸爸有话跟你说。"把儿子带到客厅一角。

"妈妈这么爱你，你不要顶撞她。"

"但是她小题大做。"话才出口，丈夫马上掩着他的嘴，"嘘，爸爸想说这话很久了，没敢说，你敢？"

气得我，这不是挑拨是什么？瞪了丈夫一眼，按捺不发作，坚守在儿子面前不吵架的原则。

事后丈夫解释："不过是宗小事，这样说说笑笑打圆场，大家容易下台阶。"

"我却做了黑脸。"

"儿子很疼你的，只是不挂在嘴边，他明白的。"

爸爸是男孩心目中的英雄，是模仿人物，天性使然，不论我怎样尽心尽力，他有事倾诉，找爸爸；对爸爸的话绝对服从，对妈妈的话一定反驳，爸爸永远是对的，妈妈永远是挑剔。不公平。

大三的圣诞节，儿子完成期考，回港度假，相隔去年圣诞，他有一年没回家了。

在他回港前一星期，我开始为他打点，把他洗手间柜里的牙膏、肥皂、护发用品、沐浴液、牙刷、眼药水、洗手液、消毒药水等全搬出来，检查有效日期，过期的丢掉，补买新的，换上新面巾、大浴巾；开始清洁他书房的书架，逐格逐格把书本杂物搬出来用稀释的漂白水抹干净，再放回原位；由天花到地板进行清洁，洗他睡房窗帘，换床单被铺，洗涤他爱穿的布拖鞋，让他感觉到我们多盼望他回来，再贪心点是希望他有"出外半朝难"的感觉，毕业后愿意回港工作。

做父母的总是想得太多，想得太远。

一边整理他的房间，不公平的念头又生起，丈夫依旧早上出门上班，开会酬酢抽雪茄，我在赶稿赶得头昏脑涨时，还要记挂儿子的房间是否清洁整齐、是否合他的意，男女不平等呀！又无可否认，心中却是充实愉快的。很矛盾吧。

"叮咚！"手机的短信铃声响起，是儿子，传来一个他刚完成的3D模型，主调是橙色，"这是我设计的屋苑，有50个单间，这是你最喜爱的颜色，是吗，妈妈？"

当时我正巧穿着橙色的卫衣，气温只有10℃，家中没开暖气，一点不感到冷，很温暖。

嘱他要把手绘图带回来，将它用相框裱好，像他之前的设计图样般，挂在墙上，把家布置成他的小小的设计展廊。

做妈妈的，面对孩子都变得没出息、没志气。

一切非必然

一直未能与最佳合伙人取得共识的是，我要带儿子去参观慈善机构、探望孤儿、送暖给草根家庭、做义工派发棉被给露宿者，让他了解社会贫穷苦难的一面，不为强化他的幸福，是要他知道，幸福非必然，好好珍惜眼前的一切，有能力便要帮忙有需要的人，平衡贫富悬殊的不公。

丈夫反对，"童年快乐时光短暂，何必强迫他面对疾苦，他生活在这个社会，自然会知道。"

说话在儿子中学毕业前应验，他知道一切非必然。

他中学一位法国裔同学P，还差三个月便完成高中课程，突然辍学，因为父母仳离，法籍爸爸返回法国，P抚养权归妈妈，不幸澳洲籍的妈妈证实患上癌症，由于在澳洲有医保，决定返澳洲治疗癌症，鉴于P已年满18岁可以独立，妈妈留下P在香港自食其力，P无力支付昂贵学费，无可选择下停学，因此只差三个月，未能完成高中课程，不能考大学入学试。

幸而P精通英文和法文，又熟悉香港文化，懂一点点广东话，求学期间，他已替学生补习赚零用钱，爸爸妈妈相继离他而去，为生活，当起法文补习老师，跟P吃过几次饭，他是个爱笑有礼健谈的男生，及至儿子完成13班，举行高中毕业典礼时，全程没见到P，问儿子P为何缺席？他才把P的遭遇说出来。我责怪儿子："为何当时不告诉我？只差三个月，妈妈可替他交学费，让他完成学业，这么好一个男孩，太可惜了。"

"他没告诉我们，直至他退了学，我们才知道的。"

移居香港的外籍人士，都被误认为经济富裕，其实不少像香港的中产家庭，没有太多储备。

儿子几位外籍好同学，包括澳洲人、美国人、英国人，分别被外国大学录取，都因经济问题，要延迟大学生涯，工作一年储学费，才能赴笈升学。

其中一个身高逾约2米的英国男生Z，是运动健将，夏天到打造出香港奥运风帆金牌选手李丽珊的长洲，去当风帆教练，夏天教儿童风帆训练班，又考得攀岩教练牌照，冬天在室内教攀岩；中美混血儿W，会弹吉他，歌喉不错，到酒吧去当兼职歌手娱宾，一晚连小费可赚千元港币，相当可观；澳洲女生Q到外籍人士云集的餐厅当服务员，同学聚会时，各自讲述工作上的趣事、苦差，旁听着，很替几位上进的同学父母感欣慰。

运动健将男生Z，请教我一句广东话的意思，"我的华人上司，很喜欢用这句话骂人。"告诉他："那是诅咒别人的广东粗口。"大家笑作一团，我提醒他别用来骂人，除非他想打架。

同学聚会后，儿子没头没尾地说："我知道我是幸运的。"

真实世界的体会和领悟比爸爸妈妈说破嘴唇震撼得多。

他感激，但不会挂在口边，因为他认为把内心感受说出来很老套。

"不用逼他说出来，男人不同女人，女人要画公仔画出肠①，男人最怕是事事交代得一清二楚。" 若非丈夫提醒，不会留意性别形成性格差异这回事。

---

① 画公仔画出肠：广东俚语，公仔指人像，按理来说画公仔的时候是不会画肠的。引申来说是：话说得太明白，或做事多此一举。

忍耐力培训大使

丈夫把儿子看作好朋友，不会用由上而下的家长权威口吻跟儿子说话；我则是典型妈妈，负责管教、照顾儿子，为防他行差踏错，严厉如军训。角色上，当然"朋友"讨好得多，我不介意做"反派"，家中不能缺少这个奸角，否则很容易把儿子骄纵得不懂规矩，但做反派要付出代价。

从来缺乏忍耐力，儿子无疑是上天派来训练我的忍耐力的培训大使。

我打长途电话给他，他不接听；爸爸用手机致电他，马上接听，就算不方便接听，也会短信爸爸，问所为何事，我可没这项优待。

在家庭通信组群上问他问题，他迟迟不回复，丈夫发问同样问题，马上回答。

与丈夫打长途电话给他，跟爸爸他有问必答，毕恭毕敬，没半点不耐烦，电话转到我手上，语气态度180°改变，带点不耐烦。跟他寒暄闲话，企图洗刷妈妈永远正经严厉的形象。

因时差，在他处身的地球那端是黄昏。

"去哪？"

"放学，回家。"没有呀、了、啊、呢。

"今晚上去哪吃饭？"

"嘿嘿，今天是星期一，我怎么会有饭约？"

"我意思是你自己煮，到同学家去吃，还是叫外卖？"

"哪有时间自己煮？哪个同学会有时间煮？应该叫外卖，那你明白为何我要这么多生活费，这里叫外卖不便宜的。"

不打算跟他开战，匆匆挂线，丈夫在旁忍俊不禁。

想起一次在旅途上，认识一位二十来岁的年轻人Y，他令我明白，子女对妈妈抗拒是"妈妈病"的后遗症。

乘坐旅游巴游览景点时，Y手机的信息信号不停地"叮咚""叮咚"，他看

父亲节卡上有笔和丈夫最爱的咖啡。

看上面的信息，便厌恶地把手机灭声，放入口袋看也不看。

"女朋友？"

"我妈。不停追问我在哪里？为何不回复她？天气怎样？够不够衣服穿？有没有下雨？有没有喝酒？是否晚睡？共传了50多条短信，烦死了。"他发牢骚。

"回复她，妈妈是担心你才发短信给你嘘寒问暖。"

"不可以回复她的，否则会鼓励她变本加厉。"

当头棒喝，令我好好检讨。

我自五岁开始煮饭，煮太多，吓怕了，有童年阴影。婚后乐于做行政主妇，做"煮妇"则敬谢不敏，在家请客，入厨忙得团团转的是丈夫，在饭厅招呼客人、布菜添酒的是我，算是吾家特色。

丈夫煮得一手独特美味的天津家乡菜，他是一家之主，也是"一家之煮"，家宴亲朋好友被视最高规格款待。

我和儿子是试味大臣，当丈夫要尝试做一道新菜式，母子俩就是白老鼠，战绩相当辉煌，曾有一个早晨试吃六种不同烹煮方法的瓦煲腊味饭，以及五种方式烹调的东坡肉。

放假在家，丈夫会煮各式各样的早餐给儿子品尝，总能迎合他的喜好口味，儿子都会全数扫光。

受爸爸影响，儿子在大学选科时，曾一度考虑念烹饪，他化学、生物均获 A*成绩，是读医的材料，去念烹饪，大材小用？不觉得。当厨子是一个专业，尤其现在有完善的烹饪课程，要到法国去念蓝带国际学院习法国厨艺，还得要精通法语和英语。

我不反对，唯一要求是锁定目标便要做到最好，做医生、厨子都一样，同样要付出努力，回报多寡就看个人修为，医学界有九流医生，厨子中有米其林九星上将，生意遍布世界，行行出状元。